Sur le bord de la rivière Piedra
je me suis assise et j'ai pleuré

PAULO COELHO

Paulo Coelho

Sur le bord de la rivière Piedra je me suis assise et j'ai pleuré

Traduit du portugais (Brésil)
par Jean Orecchioni

Éditions J'ai lu

Titre original :

NA MARGEM DO RIO PIEDRA EU SENTEI E CHOREI

Pour I. C. et S. B., dont la communion dans l'amour m'a permis de voir la face féminine de Dieu;

Monica Antunes, compagne de la première heure, qui embrase le monde avec son amour et son enthousiasme;

Paulo Rocco, pour la joie des batailles que nous avons menées ensemble et la dignité des combats que nous avons livrés entre nous;

Matthew Lore, pour n'avoir pas oublié une ligne pleine de sagesse du I-Ching*: «La persévérance est favorable.»*

*Et la Sagesse a été justifiée
par tous ses enfants.*

LUC, VII, 35

Un missionnaire espagnol qui visitait une île rencontra trois prêtres aztèques.

« De quelle façon priez-vous ? demanda-t-il.

— Nous ne connaissons qu'une seule prière, répondit l'un des Aztèques. Nous disons : "Dieu, Tu es trois, nous sommes trois. Aie pitié de nous."

— Belle oraison, dit le missionnaire. Mais ce n'est pas exactement la prière que Dieu entend. Je vais vous en apprendre une bien meilleure. »

Le religieux leur enseigna une prière catholique et poursuivit sa route d'évangélisation. Des années plus tard, à bord du navire qui le ramenait en Espagne, il dut repasser par cette même île. Du tillac, il vit les trois prêtres sur le rivage et leur fit signe.

C'est alors que les trois hommes s'avancèrent dans sa direction en marchant sur l'eau.

« Père ! Père ! appela l'un d'eux en s'approchant du navire. Apprenez-nous de nouveau cette prière que Dieu entend ; nous n'avons pas réussi à nous la rappeler.

— Qu'importe », dit le missionnaire, voyant le miracle. Et il demanda pardon à Dieu pour n'avoir pas compris plus tôt qu'Il parlait toutes les langues.

Cette histoire illustre bien ce que j'essaie de raconter dans ce livre. Nous remarquons rarement que nous vivons au milieu de l'extraordinaire. Les miracles se produisent tout autour de nous, les signes de Dieu nous montrent le chemin, les anges essaient de se faire entendre — mais, comme nous avons appris qu'il existe des formules et des règles pour arriver jusqu'à Dieu, nous n'y accordons aucune attention. Nous ne comprenons pas qu'Il est là où on Le laisse entrer.

Les pratiques religieuses traditionnelles ont leur importance : elles nous font partager avec les autres l'expérience communautaire de l'adoration et de l'oraison. Mais nous ne devons jamais oublier que l'expérience spirituelle est avant tout une expérience *pratique* d'amour. Et, dans l'amour, il n'existe pas de règles. Nous pouvons bien essayer de suivre des manuels, de contrôler notre cœur, d'avoir une stratégie de comportement, tout cela ne sert à rien. C'est le cœur qui décide, et ce qu'il décide fait loi.

Nous avons tous eu l'occasion de nous en rendre compte par nous-mêmes. A un moment ou à un autre, il nous est arrivé de dire en pleurant : «Je souffre pour un amour qui n'en vaut pas la peine.» Nous souffrons parce que nous croyons donner plus que nous ne recevons. Nous souffrons parce que notre amour n'est pas reconnu. Nous souffrons parce que nous n'arrivons pas à imposer nos règles. Mais nous souffrons sans raison, car dans l'amour est le germe de notre développement. Plus nous aimons, plus nous sommes proches de l'expérience spirituelle. Les vrais illuminés, ceux dont l'âme était embrasée par l'amour, triomphaient de tous les préjugés de l'époque. Ils chantaient, riaient, priaient à haute voix, dansaient, partageaient ce que saint Paul a nommé la «sainte folie». Ils étaient joyeux, parce que celui qui aime a vaincu le monde, sans crainte de perdre quoi que ce soit. Le véritable amour est un acte de don total.

La rivière Piedra... est un livre sur l'importance de ce don. Pilar et son compagnon sont des personnages fictifs, mais ils symbolisent les nombreux conflits qui sont notre lot dans la recherche de l'Autre Partie. Tôt ou tard, nous devons vaincre nos peurs — puisque le chemin spirituel se fait au travers de l'expérience quotidienne de l'amour.

Le moine Thomas Merton disait : «La vie spirituelle n'est rien d'autre que l'amour. On n'aime pas parce qu'on veut faire le bien, ou aider, ou protéger quelqu'un. En agissant ainsi, nous voyons dans le prochain un simple objet, et nous nous voyons nous-mêmes comme des personnes généreuses et sages. Cela n'a rien à voir avec l'amour. Aimer, c'est communier avec l'autre, et découvrir en lui l'étincelle de Dieu. »

Puissent les pleurs de Pilar sur le bord de la rivière Piedra nous conduire sur le chemin de cette communion.

P. C.

Sur le bord de la rivière Piedra...

... Je me suis assise et j'ai pleuré. La légende raconte que tout ce qui tombe dans les eaux de cette rivière, les feuilles, les insectes, les plumes des oiseaux, tout se transforme en pierres de son lit. Ah ! que ne donnerais-je pas pour pouvoir arracher mon cœur de ma poitrine et le jeter dans le courant... Il n'y aurait alors plus de douleur, plus de regret, plus de souvenirs.

Sur le bord de la rivière Piedra je me suis assise et j'ai pleuré. Le froid de l'hiver a fait que j'ai senti les larmes sur mon visage, et elles se sont mêlées aux eaux glaciales qui coulent devant moi. Quelque part, cette rivière en rejoint une autre, puis une autre, jusqu'au moment où, bien loin de mes yeux et de mon cœur, toutes ces eaux se confondent avec la mer.

Que mes larmes coulent ainsi très loin, afin que mon amour ne sache jamais qu'un jour j'ai pleuré pour lui. Que mes larmes coulent très loin, et alors j'oublierai la rivière, le monastère, l'église dans les Pyrénées, la brume, les chemins que nous avons parcourus ensemble.

J'oublierai les routes, les montagnes et les champs de mes rêves, ces rêves qui étaient les miens et que je ne reconnaissais pas.

Je me souviens de mon instant magique, de ce moment où un «oui» ou un «non» peut changer toute notre existence. Il me semble qu'il y a bien longtemps de cela, et pourtant voilà seulement une semaine que j'ai retrouvé mon amour et que je l'ai perdu.

C'est sur les rives de la rivière Piedra que j'ai écrit cette histoire. J'avais les mains gelées, mes jambes repliées s'engourdissaient, et je devais m'interrompre à tout instant.

«Essaie seulement de vivre. Se souvenir est l'apanage des plus vieux», disait-il.

Peut-être l'amour nous fait-il vieillir avant l'heure et redevenir jeunes quand la jeunesse s'en est allée. Mais comment ne pas se rappeler ces moments-là? C'est pour cette raison que j'écris, pour transformer la tristesse en nostalgie, la solitude en souvenirs. Pour que, lorsque j'aurai fini cette histoire, je puisse la jeter à la rivière Piedra — ainsi avait dit la femme qui m'avait reçue. Alors, pour employer les mots qu'avait prononcés une sainte, les eaux pourraient éteindre ce que le feu avait écrit.

Toutes les histoires d'amour sont semblables.

Nous avions passé ensemble notre enfance et notre adolescence. Puis il partit, comme partent tous les garçons des petites villes. Il dit qu'il voulait connaître le monde, que ses rêves allaient bien au-delà des terres de Soria.

Pendant quelques années, je n'ai pas eu de nouvelles. De temps à autre je recevais une lettre, mais c'était tout, car il ne revint jamais aux bois et aux rues de notre enfance.

Quand j'eus terminé mes études, j'allai habiter Saragosse, et je découvris qu'il avait raison. Soria était une petite ville, et son unique grand poète a dit que c'est en marchant que se fait le chemin. J'entrai à la faculté et trouvai un fiancé. Et je me mis à préparer un concours dans l'administration publique. Je trouvai un emploi de vendeuse pour payer mes études, échouai au concours, renonçai au fiancé.

Ses lettres, alors, devinrent peu à peu plus fréquentes, avec des timbres de différents pays. J'étais jalouse. Il était l'ami plus âgé, celui qui savait tout, qui parcourait le monde, laissait grandir ses ailes, tandis que moi je cherchais à m'enraciner.

Un beau jour, ses lettres ont commencé à parler de Dieu. Elles provenaient toutes d'un même endroit, en France. Dans l'une d'elles, il exprimait son désir d'entrer au séminaire et de consacrer sa vie à la prière. Je répondis en lui demandant d'attendre un peu, de vivre un peu plus longtemps sa liberté avant de prendre un engagement si grave.

Après avoir relu ma lettre, je décidai de la déchirer : qui donc étais-je pour lui parler de liberté ou d'engagement ? Lui savait ce que ces mots voulaient dire, moi non.

Un jour, j'appris qu'il donnait des conférences. Je fus surprise, car il était trop jeune pour pouvoir enseigner quoi que ce fût. Mais, voilà deux semaines, il m'a envoyé une carte dans laquelle il disait qu'il devait prendre la parole devant un petit groupe à Madrid, et qu'il tenait beaucoup à ma présence.

J'ai mis quatre heures pour aller de Saragosse à Madrid ; mais je voulais le revoir. Je voulais l'entendre. Je voulais m'asseoir avec lui dans un café, évoquer le temps où nous jouions ensemble et pensions que le monde était trop vaste pour qu'on en fît le tour.

La conférence avait lieu dans un endroit plus conventionnel que je ne l'avais imaginé, et il y avait davantage de monde que je ne m'attendais à en trouver. Je n'ai pas su me l'expliquer. «Serait-il devenu quelqu'un de célèbre?» Il ne m'avait rien dit dans ses lettres. J'ai eu envie de m'adresser aux gens autour de moi, de leur demander ce qu'ils étaient venus faire ici, mais je n'ai pas osé.

J'ai été surprise en le voyant entrer. Il ne ressemblait pas au gamin que j'avais connu — mais en onze ans, évidemment, on change. Il était plus beau, ses yeux brillaient.

«Il nous rend ce qui était à nous», a dit une femme à côté de moi.

La phrase était étrange.

«Qu'est-ce qu'il rend? ai-je demandé.

— Ce qui nous a été volé: la religion.

— Non, il ne nous rend rien du tout, a répliqué une femme plus jeune, assise à ma

19

droite. Ils ne peuvent pas nous rendre ce qui nous appartient déjà.

— Que faites-vous ici, alors? a lancé la première, irritée.

— Je veux l'écouter. Je veux voir ce qu'ils pensent au juste. Ils nous ont déjà fait brûler une fois, ils peuvent bien vouloir recommencer.

— C'est une voix isolée, a dit la femme. Il fait son possible. »

La plus jeune a eu un sourire ironique et s'est détournée, mettant fin à la conversation.

« Pour un séminariste, c'est une attitude courageuse », a poursuivi l'autre en me regardant, cette fois, pour chercher un soutien.

Je n'y comprenais rien; je suis restée muette, et elle a renoncé. La plus jeune m'a fait un clin d'œil, comme si j'avais été sa complice. Mais c'était pour une autre raison que je me taisais. Je pensais à ce que cette femme avait dit: « séminariste ». Ce n'était pas possible. Il me l'aurait dit.

Il a commencé à parler, et je n'arrivais pas à me concentrer convenablement. « J'aurais dû m'habiller mieux que cela », me suis-je dit, sans comprendre pourquoi je m'en souciais si fort. Il m'avait remarquée dans l'assistance, et j'essayais de deviner ce qu'il

20

pensait : de quoi avais-je l'air ? Quelle différence y a-t-il entre une fille de dix-huit ans et
une femme qui en a vingt-neuf ?

Sa voix était toujours la même. Mais ses
mots avaient changé.

Il faut prendre des risques, disait-il. *Nous ne comprenons vraiment le miracle de la vie que lorsque nous laissons arriver l'inattendu. Chaque jour, Dieu nous donne, avec le soleil, un moment où il est possible de changer tout ce qui nous rend malheureux. Chaque jour, nous feignons de ne pas nous rendre compte que ce moment existe, nous faisons semblant de croire qu'aujourd'hui est semblable à hier et sera semblable à demain. Mais l'être qui fait attention au jour qu'il est en train de vivre découvre l'instant magique. Celui-ci peut être caché dans la minute où, le matin, nous mettons la clé dans la serrure, dans l'intervalle de silence qui suit le repas du soir, dans les mille et une choses qui nous paraissent toutes semblables. Mais cet instant existe, un instant où toute la force des étoiles passe par nous et nous permet d'accomplir des miracles. Le bonheur est parfois une bénédiction — mais, le plus souvent, c'est une conquête. L'instant magique de la journée*

22

nous aide à changer, nous pousse à partir en quête de nos rêves. Nous allons souffrir, nous allons traverser de mauvaises passes, mais ce sont là des périodes transitoires, qui ne laissent pas de traces. Et plus tard, nous pourrons regarder en arrière avec fierté et avec foi.

Malheureux celui qui a eu peur de prendre des risques. Car celui-là ne sera peut-être jamais déçu, ne connaîtra peut-être pas la désillusion, ne souffrira pas comme ceux qui ont un rêve à poursuivre. Mais quand il regardera derrière lui (car nous en venons toujours à regarder en arrière), il entendra son cœur lui dire : « Qu'as-tu fait des miracles que Dieu a semés sur tes jours ? Qu'as-tu fait des talents que le Maître t'a confiés ? Tu les as enterrés tout au fond d'un trou parce que tu avais peur de les perdre. Alors, c'est là ce qui te reste maintenant : la certitude d'avoir perdu ta vie. »

Malheureux celui qui entend ces paroles. C'est alors qu'il croira aux miracles, mais les instants magiques de l'existence seront déjà passés.

Les gens l'ont entouré dès qu'il a eu fini de parler. J'ai attendu, soucieuse de l'impression que j'allais produire après tant d'années. Je me sentais une enfant, sans confiance en moi, jalouse parce que je ne connaissais pas ses nouveaux amis, mal à l'aise parce qu'il portait plus d'attention aux autres qu'à moi.

Alors il s'est approché. Il a rougi, et ce n'était plus cet homme qui parlait avec gravité ; il redevenait le gamin qui se cachait avec moi dans la petite chapelle de saint Saturio, disant qu'il rêvait de parcourir le monde, tandis que nos parents alertaient la police, croyant que nous nous étions noyés dans la rivière.

« Salut, Pilar », a-t-il dit.

Je l'ai embrassé. J'aurais pu lui adresser quelques mots de félicitations. J'aurais pu me lasser de rester au milieu de tous ces gens. J'aurais pu raconter une anecdote amusante sur notre enfance et sur la fierté que j'éprouvais à le voir ainsi, admiré par les autres. J'aurais pu lui expliquer que je devais partir très vite et attraper le dernier autocar de la journée pour Saragosse.

J'aurais pu. Nous ne parviendrons jamais à comprendre le sens de cette phrase. Car, à chaque instant de notre vie, certaines choses, qui auraient pu arriver, finalement ne se sont pas produites. Il y a des instants magiques qui passent inaperçus et puis, tout à coup, la main du destin change notre univers.

C'est ce qui s'est passé à ce moment-là. Au lieu de tout ce que j'aurais pu faire, j'ai prononcé une phrase qui m'a amenée, une semaine plus tard, devant cette rivière, et m'a fait écrire ces lignes.

«Pouvons-nous aller prendre un café?» ai-je demandé.

Et lui, se tournant vers moi, a pris la main que le destin lui tendait.

«Il faut absolument que je te parle. Demain, je fais une conférence à Bilbao. J'ai une voiture.

— Je dois rentrer à Saragosse», ai-je répondu, sans savoir que c'était la dernière porte de sortie possible.

Mais, en une fraction de seconde, peut-être parce que j'étais redevenue une enfant, peut-être parce que ce n'est pas nous qui écrivons les meilleurs moments de nos existences, j'ai dit:

«La fête de l'Immaculée Conception

approche. Je peux t'accompagner à Bilbao et rentrer ensuite directement de là-bas. »

Je brûlais de l'interroger sur le « séminariste ».

« Tu as une question à me poser ? » a-t-il demandé, devinant ma pensée.

Je n'ai pas voulu dire la vérité :

« Oui. Avant la conférence, une femme a dit que tu ne faisais que rendre ce qui lui appartenait.

— Rien d'important.

— Pour moi, c'est important. Je ne sais rien de ta vie, et suis surprise de voir tant de monde. »

Il a ri et s'est tourné vers les autres personnes qui se trouvaient là.

« Un instant, ai-je dit, en le retenant par le bras. Tu n'as pas répondu à ma question.

— Ce n'est rien qui puisse t'intéresser beaucoup, Pilar.

— Peu importe, je veux savoir. »

Il a pris une large inspiration et m'a emmenée dans un coin de la pièce.

« Les trois grandes religions monothéistes, le judaïsme, l'islam, le christianisme, sont masculines. Les prêtres sont des hommes. Les hommes ont la maîtrise des dogmes et font les lois.

— Et alors, que voulait dire cette femme ? »

Il a un peu hésité. Mais il a répondu :

« Que j'ai une autre vision des choses. Que je crois à la face féminine de Dieu. »

26

J'ai respiré, soulagée ; la femme s'était trompée. Il ne pouvait pas être séminariste : les séminaristes ne peuvent pas avoir une autre vision des choses.

« Tu t'es très bien expliqué », ai-je dit.

La jeune femme qui m'avait adressé un clin d'œil m'attendait à la porte.

«Je sais que nous appartenons à la même tradition, a-t-elle dit. Je m'appelle Brida.

— Je ne comprends pas de quoi vous parlez.

— Bien sûr que si.» Et elle a ri.

Elle m'a prise par le bras et nous sommes parties ensemble avant que j'aie eu le temps de demander une explication. La nuit était très froide, et je ne savais pas très bien quoi faire jusqu'au lendemain matin.

«Où allons-nous? ai-je demandé.

— Jusqu'à la statue de la Déesse.

— Il me faut un hôtel bon marché pour cette nuit.

— Je t'en indiquerai un plus tard.»

J'aurais préféré m'asseoir dans un café, bavarder un peu, apprendre de lui tout ce qui aurait été possible. Mais je ne voulais pas engager de discussion avec elle; je l'ai lais-

28

sée me guider par le Paseo de la Castellana, tout en revoyant Madrid après tant d'années.

Au milieu de l'avenue, elle s'est arrêtée et a montré le ciel :

« La voici ! », s'est-elle exclamée.

La pleine lune brillait à travers les branches d'arbres dénudées. J'ai acquiescé :

« Elle est belle. »

Mais elle ne m'écoutait pas. Elle a ouvert les bras en croix, tourné les paumes de ses mains vers le ciel, et elle est restée ainsi à contempler la lune.

« Dans quel guêpier me suis-je mise ? ai-je pensé. J'étais venue assister à une conférence, me voici maintenant sur le Paseo de la Castellana en compagnie de cette folle, et demain je pars pour Bilbao. »

« Ô miroir de la déesse Terre, a-t-elle dit, les yeux clos. Enseigne-nous notre pouvoir, fais que les hommes nous comprennent. En naissant, brillant, mourant et ressuscitant dans le ciel, tu nous as montré le cycle de la semence et du fruit. »

Elle a dressé les bras vers le ciel, et elle est restée un long moment dans cette position. Les gens qui passaient regardaient et riaient, mais elle n'y prêtait aucune attention ; c'était moi qui étais morte de honte de me trouver à ses côtés.

« J'avais besoin de faire cela », a-t-elle expliqué, après une longue révérence à l'adresse de la lune. «Pour que la Déesse nous protège.

— Mais de quoi parlez-vous, en fin de compte?

— De la même chose que votre ami, mais avec les mots justes.»

J'ai regretté de n'avoir pas mieux suivi la conférence. Je ne me rappelais pas précisément ce qu'il avait dit.

«Nous connaissons la face féminine de Dieu», a dit la jeune femme, quand nous nous sommes remises en route. «Nous, les femmes, qui comprenons et aimons la Déesse Mère. Le prix de notre savoir, ce furent les persécutions et les bûchers, mais nous avons survécu. Et maintenant nous comprenons ses mystères.»

Les sorcières. Les bûchers.

Je l'ai mieux regardée. Elle était jolie, ses cheveux auburn lui descendaient jusqu'au milieu du dos.

«Pendant que les hommes allaient chasser, nous restions dans les cavernes, dans le ventre de la Mère, à nous occuper de nos enfants. Et c'est alors que la Grande Mère nous a tout appris.

«L'homme était toujours en mouvement, alors que nous demeurions dans le ventre de la Mère. C'est ce qui nous a permis de comprendre que les graines se transforment en plantes, et nous l'avons dit à nos hommes. Nous avons fait le premier pain, et nous les avons nourris. Nous avons façonné le premier vase pour qu'ils puissent boire. Et nous avons compris le cycle de la création, parce que notre corps reproduisait le rythme de la lune.»

Subitement elle s'est arrêtée:

«La voici.»

J'ai regardé. Au centre d'une place autour de laquelle circulaient les voitures, se dressait une fontaine et, au milieu du bassin, une statue qui représentait une femme dans un char tiré par des lions.

«La place Cybèle», ai-je remarqué, voulant montrer que je connaissais Madrid.

J'avais déjà vu ce monument sur des dizaines de cartes postales. Mais elle ne m'écoutait pas. Elle était au beau milieu de la chaussée, en train de zigzaguer entre les voitures.

«Allons là-bas!», m'a-t-elle crié, en faisant de grands signes.

J'ai décidé de la rejoindre, ne serait-ce que pour lui demander le nom d'un hôtel. Toute cette extravagance me fatiguait, et j'avais besoin d'aller dormir. Nous sommes arrivées presque en même temps au bassin, moi le cœur battant à tout rompre, elle un sourire aux lèvres.

«L'eau! L'eau est sa manifestation.

— Je vous en prie, il me faut le nom d'un hôtel bon marché.»

Elle a plongé ses mains dans l'eau:

« Fais-en autant. Touche l'eau.

— Pas question. Mais ne vous dérangez pas pour moi. Je vais chercher un hôtel.

— Une minute… »

Elle a sorti une petite flûte de son sac et a commencé à jouer. La musique semblait avoir un effet hypnotique : la rumeur de la circulation est peu à peu devenue lointaine et mon cœur s'est calmé. Je me suis assise au bord de la fontaine, à écouter le bruit de l'eau et le son de la flûte, les yeux fixés sur la pleine lune au-dessus de nous. Je sentais confusément qu'un peu de ma nature de femme se trouvait là.

Je ne sais pendant combien de temps elle a joué. Quand elle a eu fini, elle s'est tournée vers la fontaine.

« Cybèle, a-t-elle dit. L'une des manifestations de la Déesse Mère. Celle qui gouverne les récoltes, protège les cités, rend à la femme son rôle de prêtresse.

— Qui es-tu ? Pourquoi m'as-tu priée de t'accompagner ? »

Elle s'est tournée vers moi :

« Je suis ce que tu crois que je suis. Je fais partie de la religion de la Terre.

— Que veux-tu de moi ? ai-je insisté.

— Je peux lire dans tes yeux. Je peux lire dans ton cœur. Tu vas être amoureuse. Et souffrir.

— Moi ?

— Tu sais de quoi je parle. J'ai vu comment il te regardait. Il t'aime.»

Cette femme était folle.

«C'est pour cette raison que je t'ai demandé de venir avec moi, a-t-elle repris. Parce qu'il a de l'importance. Il a beau raconter des sottises, du moins reconnaît-il la Déesse Mère. Ne le laisse pas se perdre. Aide-le.

— Vous ne savez pas ce que vous dites. Vous êtes perdue dans vos fantasmagories», ai-je lancé tout en me faufilant de nouveau entre les voitures.

Et je me suis juré de ne plus jamais penser aux paroles de cette femme.

Dimanche 5 décembre 1993

Nous nous sommes arrêtés pour prendre un café.

« La vie t'a beaucoup appris, ai-je dit, pour entretenir la conversation.

— Elle m'a enseigné que nous pouvons apprendre, elle m'a enseigné que nous pouvons changer. Même si cela ne semble pas possible. »

Il esquivait le sujet. Nous n'avions presque pas parlé durant les deux heures de trajet jusqu'à ce bar au bord de la route.

Au début, j'avais tenté d'évoquer notre enfance, mais il ne manifestait qu'un intérêt poli. En fait, il ne m'écoutait pas. Apparemment, quelque chose n'allait pas. Peut-être le temps et la distance l'avaient-ils éloigné à jamais du monde qui était le mien. « Il parle d'instants magiques, me suis-je dit. Que peuvent lui faire les itinéraires qu'ont suivis Carmen, Santiago ou Maria ? » Son univers était autre ; Soria se ramenait à un souvenir lointain, figé dans le temps, les amis d'enfance encore dans l'enfance, les vieux encore vivants, tels qu'ils étaient vingt-neuf ans plus tôt.

Je commençais à regretter d'avoir accepté qu'il m'emmène en voiture. Quand il a de nouveau changé de sujet, au café, j'ai décidé de ne pas insister davantage.

Les deux heures suivantes, jusqu'à Bilbao, ont été une véritable torture. Lui fixait la route ; moi, je regardais par la vitre de la portière, et ni l'un ni l'autre nous ne dissimulions le malaise qui s'était installé. La voiture de location n'avait pas la radio, et il n'y avait rien d'autre à faire que d'endurer le silence.

«On va demander où est la gare routière»,
ai-je dit dès que nous avons eu quitté l'auto-
route. «Il y a une ligne régulière pour Saragosse.»

C'était l'heure de la sieste, et on ne voyait
pas grand monde dans les rues. Nous avons
croisé un homme, puis un couple de jeunes,
et il ne s'est pas arrêté pour s'informer.

«Tu sais où c'est? ai-je demandé, au bout
d'un moment.

— Quoi donc?»

Il continuait à ne pas écouter ce que je
disais.

Tout à coup, j'ai compris le silence.
Qu'avait-il à dire à une femme qui ne s'était
jamais aventurée de par le monde? Qu'y
avait-il d'intéressant à se trouver assis à côté
de quelqu'un qui a peur de l'inconnu, qui
préfère un emploi assuré et un mariage
conventionnel? Et moi, pauvre malheureuse,
je lui parlais toujours des mêmes amis d'enfance, des souvenirs poussiéreux d'une bour-

gade insignifiante. C'était ma seule conversation.

«Tu peux me laisser ici», ai-je dit quand
nous sommes arrivés à ce qui semblait être
le centre-ville. J'essayais d'avoir l'air naturel,
mais je me sentais bête, puérile, ennuyeuse.

Il n'a pas arrêté la voiture. J'ai insisté :

«Il faut que je prenne le car pour retourner à Saragosse.

— Je ne suis jamais venu ici. Je ne sais
pas où est mon hôtel. Je ne sais pas où a lieu
la conférence. Et j'ignore où se trouve la
gare routière.

— Je m'arrangerai, ne t'en fais pas.»

Il a ralenti, mais a continué à rouler.

«Je voudrais…»

Par deux fois, il n'est pas arrivé à terminer
sa phrase. J'imaginais ce qu'il aurait voulu :
me remercier d'être venue avec lui, envoyer
son bon souvenir aux amis et, de cette façon,
atténuer cette sensation désagréable.

«Je voudrais que tu viennes avec moi à la
conférence, ce soir.»

J'ai ressenti comme un choc. Peut-être
essayait-il de gagner du temps pour réparer
le silence pénible du trajet.

«J'aimerais beaucoup que tu viennes avec
moi», a-t-il répété.

J'étais peut-être une fille de la campagne,
qui n'avait ni l'éclat ni la prestance des
femmes de la ville, qui n'avait rien de capti-
vant à raconter. Mais la vie de province,

même si elle ne rend pas les femmes élégantes et à la page, enseigne à écouter son cœur et à suivre son instinct. A ma grande surprise, mon instinct me disait qu'à ce moment-là il était sincère.

J'ai respiré avec soulagement. Bien sûr, je n'allais pas rester à la conférence ; mais du moins l'ami qui m'était cher semblait-il être de retour, en train de me convier à partager ses peurs et ses victoires.

J'ai répondu :

« Merci de m'inviter. Mais je n'ai pas d'argent pour l'hôtel, et il faut que je rentre, pour mes études.

— J'ai un peu d'argent. Tu peux venir dans ma chambre. On en prendra une à deux lits. »

J'ai remarqué qu'il commençait à transpirer, en dépit du froid qu'il faisait. Mon cœur s'est mis à m'envoyer des signaux d'alarme que je n'arrivais pas à décoder. La sensation d'allégresse que j'éprouvais un instant plus tôt a fait place à une immense confusion.

Il a brusquement arrêté la voiture et m'a regardée droit dans les yeux. Personne ne peut mentir, personne ne peut rien cacher, quand on le regarde droit dans les yeux. Et toute femme dotée d'un minimum de sensibilité sait lire dans les yeux d'un homme amoureux. Si absurde que la chose paraisse, si inattendue que soit la manifestation de cet amour dans l'espace et dans le temps. Il me revint aussitôt en mémoire ce qu'avait dit cette jeune femme rousse, près de la fontaine.

C'était impossible. Mais c'était vrai.

Jamais, au grand jamais, je n'aurais pu penser que — aussi longtemps après — il se serait souvenu. Nous étions enfants, nous grandissions ensemble, et nous découvrions le monde en nous tenant par la main. Je l'avais aimé — si tant est qu'une enfant sache ce que signifie l'amour. Mais tout cela était du passé et appartenait au temps où l'innocence laisse le cœur ouvert à ce que la vie nous réserve de meilleur. Aujourd'hui, nous étions adultes et responsables. Les choses de l'enfance étaient les choses de l'enfance.

J'ai de nouveau regardé ses yeux. Je ne voulais pas y croire, ou je n'y parvenais pas.

«J'ai encore cette conférence, a-t-il poursuivi, et ensuite ce seront les congés du 8 décembre, pour l'Immaculée Conception. Il faut que j'aille dans la montagne. Il faut que je te montre quelque chose.»

Cet homme brillant, qui parlait d'instants magiques, était là devant moi en train d'agir en dépit du bon sens. Il avançait trop vite, manquait d'assurance, faisait des propositions confuses. J'avais mal de le voir dans cet état.

40

J'ai ouvert la porte, je suis descendue et me suis appuyée contre la voiture. Je suis restée à regarder l'avenue, quasiment déserte. Puis j'ai allumé une cigarette et je me suis efforcée de ne penser à rien. Je pouvais faire semblant, feindre de ne pas comprendre — je pouvais essayer de me persuader moi-même que c'était vraiment la proposition d'un ami à une amie d'enfance. Peut-être avait-il voyagé trop longtemps et commençait-il à tout mélanger.

Peut-être était-ce moi qui exagérais.

Il est descendu à son tour et s'est adossé à côté de moi.

«J'aimerais que tu restes pour la conférence de ce soir, a-t-il à nouveau demandé. Mais si tu ne peux pas, je comprendrai.»

Et voilà. Le monde avait fait un tour complet et revenait à sa place. Ce n'était rien de ce que j'avais cru. Il n'insistait pas, il était déjà prêt à me laisser repartir. Un homme amoureux ne se conduit pas de cette façon.

Je me suis sentie sotte, et en même temps soulagée. Je pouvais bien rester, du moins pour un jour. Nous dînerions ensemble, nous nous enivrerions un peu — ce que nous n'avions jamais fait étant enfants. C'était une bonne occasion d'oublier les bêtises auxquelles j'avais pensé quelques minutes plus tôt, la possibilité de briser la glace qui nous séparait depuis Madrid.

Une journée, cela n'allait pas faire une grande différence. Au moins, j'aurais quelque chose à raconter à mes amies.

« Lits jumeaux, hein ? ai-je dit sur le ton de la plaisanterie. Et c'est toi qui paies le dîner, parce que moi, je suis toujours étudiante. Je n'ai pas le sou. »

Nous avons déposé nos valises dans la chambre, à l'hôtel, et nous sommes descendus pour nous rendre à pied à l'endroit où devait avoir lieu la conférence. Arrivés trop tôt, nous sommes allés nous asseoir dans un café.

« Je voudrais te donner quelque chose », a-t-il dit en me remettant un petit sac rouge.

Je l'ai ouvert tout de suite. A l'intérieur, une vieille médaille toute rouillée, avec Notre-Dame de la Grâce d'un côté, le Sacré-Cœur de Jésus de l'autre.

« Elle était à toi », a-t-il dit en voyant mon expression de surprise.

Mon cœur s'est remis à envoyer des signaux d'alarme.

« Un jour, c'était un automne comme celui-ci — nous devions avoir dix ans —, je me suis assis avec toi sur cette place où se dresse le grand chêne. J'allais dire quelque chose, quelque chose que j'avais répété pendant des semaines et des semaines. A peine avais-je commencé, tu m'as raconté que tu avais perdu ta médaille à la petite chapelle

42

de saint Saturio, et tu m'as demandé d'aller la chercher. »

Je me rappelais. Seigneur! si je me rappelais…

Il a continué:

« Je l'ai retrouvée. Mais quand je suis revenu sur la place, je n'avais plus le courage de prononcer les mots que j'avais tant répétés. Alors je me suis promis de te rendre la médaille seulement le jour où je pourrais compléter la phrase commencée près de vingt ans auparavant. Longtemps j'ai tenté d'oublier, mais la phrase est restée présente. Je ne peux plus continuer à vivre avec elle. »

Il a cessé de boire son café, a allumé une cigarette, et il est resté un grand moment à regarder vers le plafond. Puis il s'est tourné vers moi.

« C'est une phrase toute simple. Je t'aime. »

Il disait :

Parfois, nous sommes en proie à une impression de tristesse que nous n'arrivons pas à maîtriser. Nous nous apercevons que l'instant magique de ce jour-là est déjà passé et que nous n'avons rien fait. Alors, la vie cache sa magie et son art.

Nous devons écouter l'enfant que nous avons été un jour, et qui continue d'exister en nous. Cet enfant sait ce que sont les instants magiques. Nous pouvons bien étouffer ses pleurs, mais nous ne pouvons faire taire sa voix.

Cet enfant que nous avons été un jour reste présent. Bienheureux les tout-petits, le royaume des cieux leur appartient.

Si nous ne naissons pas à nouveau, si nous ne parvenons pas à regarder à nouveau la vie avec l'innocence et l'enthousiasme de l'enfance, alors la vie n'a plus de sens.

Il y a bien des façons de se suicider. Ceux qui tentent de tuer leur corps font offense à la loi de Dieu. Ceux qui tentent de tuer leur âme font eux aussi offense à la loi de Dieu, bien que leur crime soit moins évident aux yeux des hommes.

Prêtons attention à ce que nous dit l'enfant qui vit encore dans notre cœur. N'ayons pas honte de lui. Ne le laissons pas avoir peur parce qu'il est tout seul et qu'on ne l'entend presque jamais.

Permettons-lui de prendre un peu en main les rênes de notre existence. Cet enfant sait bien que chaque jour est différent du jour suivant.

Faisons en sorte qu'il se sente aimé de nouveau. Faisons-lui plaisir — même si cela signifie agir d'une façon à laquelle nous ne sommes pas habitués, même si cela semble une sottise aux yeux d'autrui.

Souvenez-vous que la sagesse des hommes est folie devant Dieu. Si nous écoutons l'enfant qui habite notre âme, nos yeux brilleront à nouveau. Si nous ne perdons pas le contact avec cet enfant, nous ne perdrons pas le contact avec la vie.

Tout autour de moi, les couleurs ont commencé à devenir plus violentes. Je me suis entendue parler plus fort et me suis rendu compte que je faisais davantage de bruit quand je reposais mon verre sur la table.

Un groupe d'une dizaine de personnes était venu dîner là en sortant de la conférence. Tout le monde parlait à la fois, et moi, je souriais — je souriais parce que ce n'était pas une soirée comme les autres. La première, depuis bien des années, que je n'avais pas programmée à l'avance.

Quelle joie !

Quand j'avais décidé d'aller à Madrid, je contrôlais mes sentiments et mes actions. Et puis, d'un coup, tout avait changé. J'étais là, dans une ville où je n'avais jamais mis les pieds, bien qu'elle fût à moins de trois heures de route de ma ville natale. Assise à cette table où je ne connaissais qu'une seule personne — et tous parlaient avec moi comme si j'étais une amie de longue date.

46

Toute surprise de me voir capable de bavarder, boire et m'amuser en compagnie de ces gens.

J'étais là parce que, tout à coup, la vie m'avait livrée à la vie. Je n'éprouvais aucun sentiment de culpabilité, de peur ou de honte. A mesure que je me rapprochais de lui — et que je l'écoutais parler —, je me persuadais de plus en plus qu'il avait raison : il y a des moments où il faut savoir prendre des risques, faire des choses folles.

«Je reste des jours d'affilée penchée sur ces livres et ces cahiers, à faire des efforts surhumains pour forger mes propres chaînes, ai-je pensé. Pourquoi est-ce que je désire cet emploi ? Que va-t-il m'apporter de plus, en tant qu'être humain, ou en tant que femme ? »

Rien. Je n'avais pas été mise au monde pour passer ma vie derrière un bureau, à aider les juges à expédier des actes de procédure.

«Non, je ne dois pas envisager ma vie sous cet angle. Il va falloir que je retourne là-bas avant la fin de la semaine. »

Ce devait être l'effet du vin. Après tout, qui ne travaille pas ne mange pas.

«Tout cela n'est qu'un rêve. Il va s'achever. » Mais pendant combien de temps puis-je encore le prolonger ? Pour la première fois, j'ai songé à l'accompagner à la montagne. On entrait dans une semaine de congé, non ?

«Qui êtes-vous? m'a demandé une femme, belle, qui se trouvait à notre table.

— Une amie d'enfance.

— Il faisait déjà ces choses, quand il était enfant?

— Quelles choses?»

Il m'a semblé que les conversations, autour de la table, devenaient moins animées.

«Vous savez bien...» La femme insistait: «Les miracles.»

«Il savait déjà très bien parler», ai-je répondu, sans comprendre ce qu'elle disait.

Tout le monde a ri, lui y compris, et je n'ai pu savoir pourquoi. Mais le vin me donnait une liberté qui me dispensait d'avoir à tout maîtriser. Je me suis tue, j'ai regardé autour de moi, et j'ai dit je ne sais quoi, que j'ai oublié aussitôt. Puis je me suis remise à penser à ces jours fériés.

C'était bon d'être là, de faire ces nouvelles connaissances. Ces gens parlaient de sujets sérieux tout en plaisantant, et j'avais l'impression de prendre part à ce qui se passait dans le monde. Ce soir du moins, je n'étais pas une femme qui assiste à la vie à travers la télévision ou les journaux. J'aurais des choses à raconter à mon retour à Saragosse. Si j'acceptais cette invitation pour le congé de l'Immaculée Conception, alors je pourrais passer une année entière à vivre sur de nouveaux souvenirs.

«Il avait bien raison de ne pas prêter

attention à ce que je racontais sur Soria», ai-je pensé. Et j'ai eu pitié de moi : depuis des années, le tiroir de ma mémoire emmagasinait les mêmes histoires.

«Buvez encore un peu», m'a dit un homme aux cheveux blancs, en remplissant mon verre.

J'ai bu. J'ai pensé que j'aurais bien peu de choses à raconter à mes enfants et petits-enfants.

«Je compte sur toi», a-t-il murmuré de telle façon que je sois la seule à l'entendre. «Nous irons jusqu'en France.»

Le vin me donnait plus de liberté pour m'exprimer :

«A condition que j'arrive à mettre quelque chose bien au clair.

— Quoi ?

— Ce que tu m'as avoué avant la conférence. Au café.

— La médaille ?

— Non», ai-je répondu en le regardant droit dans les yeux et en faisant mon possible pour ne pas avoir l'air ivre. «Ce que tu as dit à ce moment-là.

— On en parlera plus tard.»

La déclaration d'amour. Nous n'avions pas eu le temps d'en reparler.

«Si tu veux que j'aille avec toi, il faut m'écouter, ai-je dit.

— Je ne veux pas discuter ici. Pour le moment, on s'amuse.

« — Tu es parti très tôt de Soria, ai-je encore insisté. Je ne suis rien d'autre qu'un lien avec ton pays. Je t'ai aidé à rester proche de tes racines, et c'est ce qui t'a donné des forces pour continuer ta route. Mais c'est tout. Il ne peut pas y avoir d'amour. En aucune façon. »

Il m'a écoutée sans faire le moindre commentaire. Quelqu'un l'a appelé pour lui demander son avis, et je n'ai pas pu poursuivre la discussion.

« Du moins ai-je été claire », ai-je pensé. Il ne pouvait exister un amour comme celui-là, sinon dans les contes de fées. Parce que, dans la vie réelle, l'amour a besoin d'être possible. Même s'il n'est pas immédiatement payé de retour, il ne peut survivre que s'il y a un espoir — si lointain soit-il — de conquérir un jour la personne aimée. Tout le reste est pure fantaisie.

Comme s'il avait deviné mes pensées, de l'autre côté de la table il a levé son verre dans ma direction :

« A l'amour ! »

Lui aussi était un peu ivre. J'ai voulu profiter de l'occasion :

« Aux sages capables de comprendre que certaines amours sont des enfantillages !

— Le sage n'est sage que parce qu'il aime, a-t-il répliqué. Et le sot n'est sot que parce qu'il prétend comprendre l'amour. »

Les autres, autour de la table, ont entendu ;

et tout aussitôt a commencé une discussion animée à propos de l'amour. Tous avaient une opinion bien arrêtée, chacun défendait son point de vue avec acharnement, et il a fallu plusieurs bouteilles de vin pour faire revenir le calme. Finalement, quelqu'un a remarqué qu'il était déjà tard et que le patron du restaurant voulait fermer.

«Nous allons avoir cinq jours de congé, a-t-on crié d'une autre table. Si le patron veut fermer, c'est parce que vous parliez de choses sérieuses!»

Tout le monde a ri — sauf lui.

«Et dans quel endroit exclusivement peut-on parler de choses sérieuses? a-t-il demandé à l'homme ivre de la table voisine.

— A l'église!» a répondu ce dernier. Cette fois, c'est le restaurant tout entier qui a éclaté de rire.

Il s'est levé. J'ai cru qu'il allait se battre : nous avions tous retrouvé l'état d'esprit de notre adolescence, au temps où les bagarres, les baisers, les caresses interdites, la musique trop forte et la vitesse faisaient partie intégrante de toute soirée digne de ce nom. Mais il s'est contenté de prendre ma main et de se diriger vers la porte.

«Il vaut mieux s'en aller. Il se fait tard.»

Il pleut sur Bilbao, il pleut sur le monde. Celui qui aime a besoin de savoir se perdre et se trouver.

Lui parvient en ce moment à bien équilibrer les deux choses. Il est gai, il chante, tandis que nous retournons à l'hôtel.

Son los locos que inventaron el amor [1]

Tout en ayant encore la sensation du vin et des couleurs violentes, je me reprends peu à peu. Il faut que je garde le contrôle de la situation, je veux pouvoir me mettre en route. Il sera facile de conserver ce contrôle, puisque je ne suis pas amoureuse. Celui qui est capable de maîtriser son cœur est capable de conquérir le monde.

1. « Ce sont les fous qui ont inventé l'amour. » *(N.d.T.)*

Con un poema y un trombón
a develarte el corazón[1],

dit la chanson.

«J'aimerais ne pas maîtriser mon cœur», me dis-je. Si j'arrivais à m'abandonner, ne serait-ce que le temps d'un week-end, cette pluie qui tombe sur mon visage aurait un autre goût. S'il était facile d'aimer, nous serions dans les bras l'un de l'autre et les paroles de la chanson raconteraient une histoire qui est notre histoire. Si je n'étais pas obligée de retourner à Saragosse, je souhaiterais que l'effet de la boisson ne se dissipât jamais, et je serais libre de l'embrasser, de le caresser, de dire et d'écouter ces mots que les amoureux se murmurent.

Mais non. Je ne peux pas.

Je ne veux pas.

Salgamos a volar, querida mía, dit la chanson. Oui, nous allons partir et prendre notre envol. A mes conditions.

Il ne sait pas encore que j'accepte son invitation. Pourquoi courir ce risque ? Parce que, en ce moment, je suis soûle, et lasse de mes journées toutes semblables.

Mais cette lassitude va passer. Et je vais vouloir retourner aussitôt à Saragosse, la ville que j'ai choisie pour y vivre. Mes études

1. «Avec un poème et un trombone
   Qui vont mettre ton cœur à mal.» *(N.d.T.)*

m'y attendent, un concours de l'administration publique aussi. Un mari également, qu'il faut que je trouve, et ce ne sera pas difficile. Une existence paisible m'y attend, avec des enfants et des petits-enfants, un budget équilibré et des congés annuels. Je ne sais pas ce que sont ses craintes à lui, mais je sais ce que sont les miennes. Je n'ai nul besoin de nouvelles, celles que j'ai déjà me suffisent.

Je ne pourrais — en aucun cas — tomber amoureuse d'un homme comme lui. Je le connais trop bien, nous avons vécu trop longtemps l'un près de l'autre, je n'ignore rien de ses faiblesses et de ses peurs. Je n'arrive pas à l'admirer comme le font les autres.

Je sais que l'amour est comme les barrages : si vous laissez une fissure par où puisse s'infiltrer un filet d'eau, peu à peu celui-ci ronge les murs, et il arrive un moment où personne ne peut plus contrôler la force du courant. Si les murs s'effondrent, l'amour s'empare en maître de tout ; il n'y a plus à se demander ce qui est possible et ce qui ne l'est pas, si l'on peut ou non garder à son côté l'être aimé... Aimer, c'est perdre le contrôle.

Non, je ne peux pas laisser le mur se fissurer. Si peu que ce soit.

« Une minute ! »

Il a aussitôt cessé de chanter. Des pas rapides résonnaient sur le sol mouillé.

54

«Allons! a-t-il dit en prenant mon bras.

— Attendez! a crié un homme. Il faut que je vous parle!»

Il marchait de plus en plus vite.

«Ce n'est pas pour nous. Allons à l'hôtel.»

Mais c'était bien pour nous: il n'y avait personne d'autre dans cette rue. Mon cœur s'est emballé, et l'effet de la boisson s'est immédiatement dissipé. Je me suis dit que nous étions à Bilbao, c'est-à-dire au Pays basque, et que les attentats terroristes y étaient fréquents. Les pas se sont rapprochés.

«Allons!» a-t-il répété, en pressant encore le pas.

Mais c'était trop tard. La silhouette d'un homme, mouillé de la tête aux pieds, nous a barré la route.

«Arrêtez, je vous en prie! Pour l'amour de Dieu.»

J'étais terrifiée, je cherchais des yeux par où m'enfuir, une voiture de police qui eût pu surgir par miracle. Instinctivement j'ai pris son bras, mais il a écarté mes mains.

«S'il vous plaît! J'ai appris que vous étiez ici. J'ai besoin de votre aide. Il s'agit de mon fils.»

Et l'homme s'est mis à pleurer. Il s'est agenouillé.

«S'il vous plaît! S'il vous plaît!»

Il a pris une longue inspiration, a baissé la tête et fermé les yeux. Pendant quelques instants il est resté silencieux, et nous pouvions entendre le bruit de la pluie mêlé aux san-glots.

« Va à l'hôtel, Pilar. Et dors. Je ne rentre-rai sans doute qu'au petit matin. »

Lundi 6 décembre 1993

L'amour est plein de chausse-trapes. Quand il veut se manifester, il montre tout juste sa lumière, et ne nous permet pas de voir les ombres que cette lumière engendre.

«Regarde la terre qui nous entoure, m'a-t-il dit. Couchons-nous sur le sol pour sentir battre le cœur de la planète.

— Tout à l'heure. Je ne veux pas salir la seule veste que j'aie ici avec moi.»

Nous nous sommes promenés dans des collines plantées d'oliviers. Après la pluie de la veille à Bilbao, le soleil me donnait l'impression de vivre dans un rêve. Je n'avais pas de lunettes noires, je n'avais rien emporté, puisque je devais retourner à Saragosse le jour même. J'avais dû dormir avec une chemise qu'il m'avait prêtée ; et j'avais acheté un tee-shirt non loin de l'hôtel pour pouvoir au moins laver celui que je portais.

«Tu dois en avoir marre de me voir toujours avec les mêmes vêtements», ai-je lancé en plaisantant, pour voir si une phrase banale me ferait revenir à la réalité.

« Je suis heureux que tu sois là. »

Il n'a pas recommencé à parler d'amour depuis qu'il m'a donné la médaille, mais il est de bonne humeur, et on dirait qu'il a de nouveau dix-huit ans. Il marche à côté de moi, baigné lui aussi par cette clarté du matin.

En montrant les Pyrénées à l'horizon, je demande :

« Que dois-tu aller faire là-bas ?

— De l'autre côté de ces montagnes, il y a la France.

— Je connais ma géographie. Je veux seulement savoir pourquoi il faut que nous y allions. »

Il est resté un moment sans parler, se contentant de sourire.

« Pour que tu voies une maison. Elle t'intéressera peut-être.

— Si jamais tu projettes de jouer à l'agent immobilier, renonces-y tout de suite. Je n'ai pas d'argent. »

Pour moi, me rendre dans un village de Navarre ou aller jusqu'en France, c'était pareil. Ce que je ne voulais pas, c'était passer les fêtes à Saragosse.

« Tu vois ? disait mon esprit à mon cœur. Tu es contente d'avoir accepté l'invitation. Tu as changé, et tu ne t'en rends pas compte. »

58

Mais non, je n'ai pas changé du tout. Simplement, je suis un peu plus détendue.

« Regarde ces cailloux, par terre. »

Ils sont tout ronds, sans arêtes. On dirait des galets. Pourtant, il n'y a jamais eu la mer, ici, dans ces campagnes de Navarre.

« Ce sont les pieds des agriculteurs, les pieds des pèlerins, les pieds des aventuriers qui ont façonné ces pierres. Elles ont changé, et les voyageurs de même.

— Tout ce que tu sais, ce sont les voyages qui te l'ont appris ?

— Non. Ce sont les miracles de la Révélation. »

Je n'ai pas compris, et je n'ai pas non plus cherché à approfondir le sens de ses paroles. J'étais tout imprégnée de la lumière du soleil, de ce paysage de campagne et de montagnes à l'horizon.

« Où allons-nous maintenant ? ai-je demandé.

— Nulle part. Nous profitons de la matinée, du soleil. Nous avons ensuite un long trajet à faire en voiture. »

Il hésite un moment, et demande :

« Tu as gardé la médaille ? »

J'acquiesce et me mets à marcher plus vite. Je ne veux pas qu'il revienne sur ce sujet, au risque de gâter la liberté et le plaisir de cette matinée.

Un village apparaît. A la façon des villes du Moyen Âge, il se trouve au sommet d'un coteau et je peux apercevoir — dans le lointain — le clocher de l'église et les ruines d'un château. Je propose :

« Allons jusque-là. »

Il hésite, mais finit par accepter. Sur le chemin se trouve une chapelle, et j'ai envie de la visiter. Je ne sais plus prier, mais le silence des églises me rassure toujours.

« Ne va pas te sentir coupable, me dis-je à moi-même. S'il est amoureux, c'est son problème. »

Il m'a questionnée sur la médaille. Je sais bien : il espérait que je reprendrais notre conversation du café. En même temps, il a peur d'entendre ce qu'il n'a pas envie d'entendre, c'est pourquoi il ne va pas plus loin et ne revient pas sur le sujet.

Il se peut qu'il m'aime vraiment. Mais nous allons réussir à transformer cet amour en quelque chose de différent, de plus profond.

« Ridicule, me dis-je. Il n'est rien de plus profond que l'amour. Dans les contes pour enfants, les princesses donnent un baiser aux crapauds et ceux-ci se transforment en princes charmants. Dans la vie réelle, les princesses embrassent les princes et ceux-ci se transforment en crapauds. »

Au bout d'une petite demi-heure de trajet, nous arrivons à la chapelle. Un vieil homme est assis sur les marches. C'est la première personne que nous voyons depuis que nous nous sommes mis en route, car nous sommes à la fin de l'automne et les champs sont de nouveau confiés aux soins du Seigneur, qui fertilise la terre de Sa bénédiction et permet que l'homme en tire sa subsistance à la sueur de son front.

«Bonjour, dit-il au vieillard.

— Bonjour.

— Comment s'appelle ce village?

— San Martín de Unx.

— Unx? dis-je. On dirait un nom de gnome!»

Le vieux ne comprend pas la plaisanterie. Plutôt embarrassée, je m'avance jusqu'à la porte de la chapelle.

«Vous ne pouvez pas entrer, dit le vieux. On ferme à midi. Si vous voulez, vous pouvez revenir à quatre heures.»

La porte est ouverte. Je distingue mal l'intérieur, à cause de la pénombre.

«Rien qu'une minute. Je voudrais dire une prière.

— Je regrette beaucoup, mais c'est fermé.»

Il m'entend discuter avec le bonhomme. Il ne dit rien.

«Bon, d'accord, on s'en va, dis-je. Pas la peine de continuer à discuter.»

Il garde les yeux fixés sur moi, mais son regard est vide, lointain.

«Tu ne voulais pas voir la chapelle?» demande-t-il.

Je sais qu'il n'a pas aimé mon attitude. Il a dû me trouver veule, lâche, incapable de me battre pour ce que je désire. Pas besoin d'un baiser: la princesse se transforme en crapaud.

«Souviens-toi d'hier, dis-je. Tu as mis fin à la conversation, au bar, parce que tu n'avais pas envie de discuter. Et maintenant, quand j'en fais autant, tu m'en veux.»

Le vieux nous regarde, impassible. Il doit être content parce qu'il se passe quelque chose, là, sous ses yeux, dans un endroit où les matins, les après-midi, les soirs sont tous identiques.

«La porte de l'église est ouverte, dit-il, s'adressant au vieux. Si vous voulez de l'argent, on peut vous en donner un peu. Mais elle veut voir cette église.

— Ce n'est plus l'heure.

— Tant pis, on entre quand même. »

Il me prend par le bras et entre avec moi.

Mon cœur bat plus vite. Le vieux bonhomme pourrait se fâcher, appeler la police, gâcher notre promenade.

« Pourquoi fais-tu cela ?

— Parce que tu as envie d'aller voir cette chapelle. »

Mais cette discussion et mon attitude ont rompu le charme d'une matinée quasi parfaite.

Mon oreille est attentive aux bruits du dehors. A tout instant j'imagine le vieux qui s'éloigne, l'arrivée de la police municipale. Effraction d'église. Des voleurs. Nous faisons quelque chose d'interdit, nous violons la loi. Le vieux a dit que c'était fermé, que l'heure des visites était passée. C'est un pauvre vieillard, incapable de nous empêcher d'entrer, et la police sera d'autant plus sévère, parce que nous lui avons manqué de respect.

Je reste à l'intérieur juste le temps nécessaire pour montrer que je me sens parfaitement à l'aise. Mon cœur bat si fort que j'ai peur qu'il ne l'entende.

« On peut y aller, dis-je, au bout de ce que je me figure être la durée d'un "Je vous salue Marie".

— N'aie pas peur, Pilar. Tu n'es pas là pour faire de la figuration. »

Je ne voulais pas que mon problème avec le vieux se transforme en problème avec lui. Il fallait rester calme.

« Je ne vois pas ce que tu veux dire.

— Certaines personnes sont brouillées avec quelqu'un, brouillées avec elles-mêmes, brouillées avec la vie. Alors, elles se jouent une pièce de théâtre et en écrivent le canevas d'après leurs frustrations.

— Je connais beaucoup de gens comme ça. Je sais de quoi tu parles.

— Mais le malheur est que ces gens-là ne peuvent pas jouer la pièce tout seuls, poursuit-il. Ils se mettent donc à convoquer d'autres acteurs.

« C'est exactement ce qu'a fait ce type, là-dehors. Il voulait prendre sa revanche, et il nous a choisis pour cela. Si nous avions plié devant son interdiction, maintenant nous le regretterions, nous aurions le sentiment d'avoir été roulés. Nous aurions accepté de faire partie de son existence mesquine et de ses frustrations.

« L'agressivité de cet homme était évidente, il nous a donc été facile de ne pas entrer dans son jeu. Mais d'autres, parfois, nous demandent d'être figurants lorsqu'ils se comportent en victimes et se plaignent des injustices de la vie. Ils exigent que nous les approuvions, que nous prenions parti. »

Il me regarde droit dans les yeux.

«Attention! Quand on entre dans ce jeu, on en sort toujours perdant. »

Il avait raison. Malgré tout, je ne me sentais pas très à l'aise à l'intérieur de cette chapelle.

«J'ai prié. J'ai fait ce que je voulais faire. Nous pouvons partir, maintenant. »

Nous sortons. Le contraste entre la pénombre et la lumière crue du soleil m'aveugle pendant quelques instants. Dès que mes yeux se sont habitués, je remarque que le vieil homme a disparu.

«Allons déjeuner », dit-il, en se dirigeant vers la ville.

Au cours du déjeuner, je bois deux verres de vin. Je n'ai jamais tant bu de ma vie. Je suis en train de devenir alcoolique.

« Quelle exagération ! »

Il bavarde avec le garçon. Il apprend ainsi qu'il y a dans les environs plusieurs ruines romaines. J'essaie de suivre la conversation, mais ne parviens pas à cacher ma mauvaise humeur. La princesse s'est transformée en crapaud. Quelle importance ? A qui ai-je besoin de prouver quoi que ce soit, si je ne suis en quête de rien — ni homme ni amour ?

« Je le savais, me dis-je. Je savais que j'allais déséquilibrer mon univers. Mon cerveau m'a prévenue, mais mon cœur n'a pas voulu suivre le conseil. »

Il m'a fallu payer le prix fort, pour obtenir le peu que j'ai, laisser de côté tant de choses que je désirais, me détourner de tant de chemins qui s'ouvraient devant moi. J'ai sacrifié mes rêves au nom d'un rêve plus élevé : la

66

paix de l'esprit. Je ne veux pas renoncer à cette paix.

«Tu es bien tendue, dit-il, interrompant sa conversation avec le garçon.

— Oui, c'est vrai. Je crois que ce vieux bonhomme est allé chercher la police. Je crois que cette ville est toute petite, et qu'ils savent où nous nous trouvons. Je crois que ton insistance à vouloir déjeuner ici peut mettre un point final à nos vacances.»

Il n'arrête pas de faire tourner entre ses doigts son verre d'eau minérale. Il doit bien savoir que ce n'est pas la vraie raison; en réalité j'ai honte. Pourquoi faisons-nous cela de nos existences? Pourquoi voyons-nous le grain de poussière que nous avons dans l'œil et non les montagnes, les champs et les oliviers?

«Ecoute, dit-il, il ne va rien arriver de semblable. Le vieux est déjà rentré chez lui et ne se souvient même pas de l'incident. Fais-moi confiance.»

Je pense: «Ce n'est pas pour ça que je suis tendue, espèce d'idiot!»

«Ecoute davantage ton cœur, dit-il encore.

— Justement, je l'écoute. Et je préfère partir. Je ne me sens pas bien, ici.

— Arrête de boire. Cela ne sert à rien.»

Jusque-là, je suis parvenue à me maîtriser. Maintenant, il vaut mieux que je dise tout ce que j'ai sur le cœur:

«Tu t'imagines que tu sais tout. Tu viens

nous parler d'instants magiques, d'enfance oubliée qui survit en chacun de nous... Je ne vois pas ce que tu fais auprès de moi. »

Il rit.

« Je t'admire. Et j'admire le combat que tu livres contre ton cœur.

— Quel combat ?

— Rien. »

Mais je sais bien ce qu'il veut dire.

« Ne te fais pas d'illusions. Si tu le souhaites, nous pouvons en parler. Tu te trompes au sujet de mes sentiments. »

Il cesse de faire tourner son verre et me regarde en face :

« Non. Je sais que tu ne m'aimes pas. »

Du coup, me voici encore plus désorientée.

« Mais je vais me battre, continue-t-il. Il y a des choses dans la vie pour lesquelles il vaut la peine de se battre jusqu'à la fin. »

Je ne trouve rien à répondre.

« Et toi, tu en vaux la peine. »

Je détourne les yeux, j'essaie de faire semblant de m'intéresser à la décoration du restaurant. Je me sentais crapaud, et je redeviens princesse. Je pense : « Je veux croire à ce qu'il dit », tout en regardant un tableau représentant des bateaux et des pêcheurs. « Cela n'y changera rien, mais du moins je ne me sentirai pas si fragile, si lamentable. »

« Pardonne-moi mon agressivité », dis-je.

Il sourit ; appelle le garçon, paie l'addition.

Sur le chemin du retour, je me sens encore plus troublée. Peut-être le soleil ? Mais non, nous sommes en automne, le soleil ne chauffe guère. Le vieux bonhomme alors ? Mais il est sorti de mon existence depuis pas mal de temps. Peut-être est-ce tout ce qui est nouveau. Un soulier neuf gêne. La vie n'est pas différente : elle nous attrape par surprise et nous oblige à marcher vers l'inconnu, quand nous ne le voulons pas, quand nous n'en avons pas besoin.

J'essaie de me concentrer sur le paysage, mais je n'arrive plus à voir les champs d'oliviers, le village au sommet de la colline, la chapelle devant laquelle se tenait le vieil homme. Rien de tout cela ne m'est familier.

Je me rappelle la cuite d'hier, et l'air qu'il chantait :

> *Las tardecitas de Buenos Aires tienen este no sé...*
> *¿qué sé yo?*
> *Viste, salí de tu casa por Arenales*[1].

Pourquoi Buenos Aires, alors que nous étions à Bilbao ? Qu'est-ce que c'est que

---

1. « Les soirées de Buenos Aires ont ce je-ne-sais-quoi...
« Mais qu'est-ce que j'en sais ?
« Tu as vu, je suis parti de chez toi par la rue Arenales. »

cette rue Arenales? Que voulait-il? Je lui demande:

«Cette chanson que tu chantais hier, qu'est-ce que c'était?

— *Balada para um louco*[1]. Pourquoi ne me poses-tu la question qu'aujourd'hui?

— Pour rien.»

Mais si, il y a une raison. Je sais qu'il a chanté cet air parce que c'est un piège. Il m'a fait apprendre les paroles par cœur — alors que je dois déjà apprendre par cœur tant de choses pour mes examens. Il aurait pu choisir un air familier, déjà entendu des milliers de fois, mais il a préféré une chanson qui m'était inconnue.

C'est un piège. De cette façon, quand on jouera cet air, plus tard, à la radio, ou qu'on passera le disque, je me souviendrai de lui, de Bilbao, de ce temps où l'automne de ma vie s'est à nouveau transformé en printemps. Je me souviendrai de l'excitation, de l'aventure, et de l'enfant qui est ressuscité Dieu sait d'où.

Il a pensé à tout cela. Il est réfléchi, il a de l'expérience, il a vécu et sait comment conquérir la femme qu'il désire.

«Je deviens folle», me dis-je. Je pense être alcoolique parce que j'ai un peu bu deux jours de suite. J'ai l'impression qu'il connaît

1. Ballade pour un fou.

70

toutes les ficelles ; qu'il me contrôle et me gouverne par sa douceur.

«J'admire le combat que tu livres contre ton cœur», a-t-il dit au restaurant.

Mais il se trompe. Parce que j'ai déjà lutté, et vaincu mon cœur depuis bien longtemps. Je ne vais pas tomber amoureuse de l'impossible. Je connais mes limites, et ma capacité de souffrance.

Tandis que nous retournons à la voiture, je lui demande de dire quelque chose.

«Quoi ?

— N'importe quoi. Parle-moi. »

Il se met à me raconter les apparitions de la Vierge Marie à Fatima. J'ignore pourquoi il évoque ce sujet, mais cette histoire des trois bergers fait diversion.

Peu à peu, mon cœur se calme. Oui, je connais mes limites, et je sais me contrôler.

Nous sommes arrivés de nuit, dans un brouillard si épais que nous pouvions à peine apercevoir ce qui se trouvait autour de nous. Je distinguais tout juste une petite place, un lampadaire, quelques maisons médiévales mal éclairées par cette lumière jaune, et un puits.

«Le brouillard!» a-t-il dit, tout excité. «Nous sommes à Saint-Savin.»

Le nom ne me disait rien. Mais nous étions en France, et cela m'excitait aussi.

«Pourquoi cet endroit?

— A cause de cette maison que je voudrais te vendre, a-t-il répondu en riant. Et puis, j'avais promis de revenir le jour de l'Immaculée Conception.

— Ici?

— Près d'ici.»

Il a arrêté la voiture. Quand nous sommes descendus, il m'a pris la main et nous avons commencé à marcher.

«Cet endroit est entré dans ma vie de façon inattendue», a-t-il dit.

«Toi aussi», ai-je pensé.

«Ici, un jour, j'ai cru avoir perdu ma route. En réalité, je l'avais retrouvée.

— Tu parles par énigmes.

— C'est ici que j'ai compris à quel point tu me manquais.»

De nouveau, j'ai regardé tout autour. Je n'arrivais pas à comprendre pourquoi.

«Quel rapport avec ta route?

— Nous allons trouver une chambre. Les deux seuls hôtels de ce petit bourg ne sont ouverts qu'en été. Ensuite nous irons dîner dans un bon restaurant. Sans inquiétude, sans crainte de la police, sans avoir besoin de retourner à la voiture en courant. Et quand le vin aura délié nos langues, nous parlerons, longuement.»

Nous avons ri ensemble. J'étais déjà plus détendue. En chemin, je m'étais rendu compte des sottises que je m'étais mises en tête. Et tandis que nous franchissions la chaîne de montagnes qui sépare la France de l'Espagne, j'avais demandé à Dieu qu'Il lave mon âme de la tension et de la peur.

J'en avais assez de me comporter comme une petite fille, d'agir comme de nombreuses amies qui avaient peur de l'amour impossible mais ne savaient pas exactement ce qu'était cet «amour impossible». A continuer ainsi, j'allais perdre tout ce que ces quelques jours avec lui pouvaient m'apporter de bon.

« Attention ! ai-je pensé. Attention à la brèche dans le barrage. Si elle se produit, rien au monde ne pourra la colmater. »

« Que la Sainte Vierge nous protège dorénavant », a-t-il dit.

Je n'ai rien répondu.

« Pourquoi n'as-tu pas dit amen ?

— Parce que je ne trouve plus que cela ait de l'importance. Il fut un temps où la religion faisait partie de mon existence, mais c'est maintenant du passé. »

Il a fait demi-tour, et nous sommes retournés vers la voiture.

« Je prie encore, ai-je poursuivi. J'ai prié, pendant que nous traversions les Pyrénées, par automatisme. Mais je ne suis pas sûre d'être encore croyante.

— Pourquoi ?

— Parce que j'ai souffert, et que Dieu ne m'a pas écoutée. Parce que — bien des fois au cours de ma vie — j'ai essayé d'aimer avec tout mon cœur, et pour finir l'amour a été foulé aux pieds, trahi. Si Dieu est amour, Il aurait dû se soucier davantage de mon sentiment.

— Dieu est amour. Mais c'est la Sainte Vierge qui comprend bien ces choses-là. »

J'ai éclaté de rire. Quand j'ai de nouveau tourné mon regard vers lui, j'ai vu qu'il était sérieux. Ce n'était pas une plaisanterie.

74

«La Vierge comprend le mystère du don total, a-t-il repris. Et, pour avoir aimé et souffert, elle nous a libérés de la douleur. De la même façon que Jésus nous a libérés du péché.

— Jésus était le fils de Dieu. La Vierge a seulement été une femme qui a reçu la grâce de l'accueillir dans son sein.»

Je voulais rattraper cet éclat de rire intempestif, je voulais lui faire comprendre que je respectais sa foi. Mais foi et amour ne se discutent pas, surtout dans un joli petit village comme celui-ci.

Il a ouvert la portière de la voiture et sorti nos deux sacs. Quand j'ai voulu lui prendre des mains mon bagage, il a souri :

«Laisse-moi porter ton sac.»

«Depuis combien de temps ne m'a-t-on pas traitée de cette façon?» ai-je pensé.

Nous avons frappé à une première porte; la femme ne louait pas de chambres. A une autre, personne n'est venu ouvrir. A la troisième, un petit vieux, bien aimable, nous a reçus gentiment mais, quand nous sommes allés voir la chambre, il n'y avait qu'un lit à deux places. J'ai refusé.

«Il vaudrait peut-être mieux aller dans une plus grande ville, ai-je suggéré quand nous sommes ressortis.

— Nous allons trouver une chambre. Est-ce que tu connais l'exercice de l'Autre? Il fait partie d'une histoire écrite voilà un siècle, dont l'auteur...

— Laisse l'auteur où il est et raconte-moi l'histoire», ai-je demandé, tandis que nous traversions l'unique place de Saint-Savin.

«Un homme rencontre un ami qu'il connaît depuis longtemps et qui semble n'avoir jamais trouvé sa voie. "Il va falloir que je lui donne un peu d'argent", pense-t-il. Mais ce soir-là, l'homme découvre que son ami est devenu riche et qu'il a décidé de rembourser toutes les dettes qu'il avait contractées au cours de ces années.

«Ils se rendent dans un bar qu'ils fréquentaient habituellement, et l'ami offre une tournée générale. Quand on l'interroge sur sa réussite, si soudaine, il répond que, jusqu'à ces tout derniers jours, il "vivait l'Autre".

«"Mais qu'est-ce que l'Autre ? lui demande-t-on.

«— L'Autre est celui que l'on m'a appris à être, mais qui n'est pas moi. Il croit que les hommes doivent passer toute leur existence à réfléchir à la façon de gagner de l'argent s'ils veulent ne pas mourir de faim dans leur vieillesse. Tant ils réfléchissent, tant ils font de plans, qu'ils s'aperçoivent qu'ils sont vivants seulement au moment où leurs jours sont sur le point de s'achever. Mais alors il est trop tard.

«— Et toi, qui es-tu ?

«— Je suis comme n'importe lequel

76

d'entre nous s'il écoute son cœur. Quelqu'un qui s'émerveille devant le mystère de la vie, qui est ouvert aux miracles, se réjouit et s'enthousiasme de ses actes. Simplement, l'Autre, par crainte d'être déçu, ne me laissait pas agir.

«— Mais la souffrance existe, rétorquent les gens qui se trouvent là.

«— Ce qui existe, ce sont les échecs. Personne n'y échappe. Aussi vaut-il mieux perdre quelques combats en luttant pour ses rêves que d'être battu sans seulement savoir pour quoi on lutte.

«— C'est tout? demandent les clients du bar.

«— Oui. Après cette découverte, je me suis éveillé, bien décidé à être ce que j'avais toujours voulu être en réalité. L'Autre est resté là, dans ma chambre, à me regarder, mais je ne l'ai plus laissé entrer, bien qu'il ait parfois cherché à me faire peur en me mettant en garde contre le risque de ne pas penser à l'avenir. Du jour où j'ai chassé l'Autre de ma vie, l'énergie divine a opéré ses miracles."»

«Je crois qu'il a inventé cette histoire. Une belle histoire, peut-être, mais qui n'est pas vraie.» C'est ce que j'ai pensé, tandis que nous continuions à chercher un endroit pour passer la nuit. Saint-Savin ne possédait pas plus de trente maisons, et bientôt nous devrions faire ce que j'avais suggéré : aller dans une plus grande ville.

Si plein de ferveur fût-il, si éloigné de sa vie l'Autre se trouvât-il déjà, les habitants de Saint-Savin ne savaient pas que son rêve était de coucher ici cette nuit, et ils n'allaient sûrement pas l'aider. Et pourtant, pendant qu'il racontait cette histoire, il me semblait me voir moi-même ; les peurs, le manque de confiance en soi, la volonté de ne pas regarder tout ce qui est merveilleux parce que demain tout peut finir, et que l'on souffrira.

Les dieux jettent les dés et ne demandent pas si nous avons envie de jouer. Ils ne veulent pas savoir si vous avez quitté un homme, une maison, un travail, une carrière, un rêve. Les dieux se moquent pas mal que vous ayez une existence dans laquelle chaque chose est à sa place, chaque désir peut être satisfait avec du travail et de la persévérance. Les dieux ne se soucient pas de nos plans ni de nos espoirs ; dans l'univers, ils jettent les dés — et c'est vous, par hasard, qui êtes choisi. A partir de là, gagner ou perdre est une question de chance.

Les dieux jettent les dés, et libèrent l'amour de sa prison. Cette force qui peut créer ou détruire, tout dépend de la direction dans laquelle le vent soufflait au moment où il est sorti de son cachot.

Pour l'instant, cette force soufflait dans sa direction à lui. Mais les vents sont aussi capricieux que les dieux — et, tout au fond de moi, je commençais à sentir quelques rafales.

Comme si le destin avait voulu me montrer que l'histoire de l'Autre était vraie — et que l'univers conspire toujours en faveur de ceux qui rêvent —, nous avons trouvé une maison pour nous héberger, avec une chambre à deux lits. J'ai commencé par prendre une douche, laver mon linge, et mettre le tee-shirt que j'avais acheté. Je me suis sentie comme neuve, ce qui m'a redonné de l'assurance.

« Si ça se trouve, l'Autre n'aime pas ce tee-shirt », me suis-je dit en riant.

Après le dîner en compagnie des propriétaires de la maison (les restaurants aussi étaient fermés en automne et en hiver), il leur a demandé une bouteille de vin, et promis d'en acheter une autre le lendemain. Nous avons mis nos vestes, pris deux verres que l'on nous a prêtés, et nous sommes sortis.

« Allons nous asseoir au bord du puits », ai-je proposé.

Nous sommes restés là, et nous avons bu pour ne pas sentir le froid et pour nous détendre.

« On dirait que l'Autre est revenu s'incarner en toi, ai-je remarqué pour plaisanter. Ton humeur ne s'arrange pas. »

Il a ri.

« J'avais dit que nous réussirions à trouver une chambre, et nous l'avons trouvée. L'univers nous aide toujours à nous battre pour nos rêves, si bêtes qu'ils puissent paraître. Parce que ce sont nos rêves, et nous sommes seuls à savoir combien il nous a coûté de les rêver. »

Le brouillard, auquel le lampadaire donnait une coloration jaune, ne nous permettait pas de distinguer l'autre côté de la place.

J'ai pris une profonde inspiration. Impossible de remettre davantage.

« Nous étions convenus de parler d'amour, ai-je repris. Nous ne pouvons pas l'éviter plus longtemps. Tu sais comment j'ai vécu ces derniers jours. S'il n'avait tenu qu'à moi, ce sujet n'aurait pas été abordé. Mais, puisque c'est fait, je ne peux pas m'empêcher d'y penser.

— Aimer est dangereux.

— Je le sais. J'ai déjà aimé. Aimer est comme une drogue. Au début, tu as une sensation d'euphorie, d'abandon total. Le lendemain, tu en veux davantage. Ce n'est pas encore l'intoxication, mais tu as apprécié la sensation, et tu crois pouvoir en rester maître. Tu penses à l'être aimé pendant deux minutes et tu l'oublies trois heures durant.

« Mais, peu à peu, tu t'habitues à cet être, et tu en deviens complètement dépendant. Alors, tu penses à lui trois heures durant et tu l'oublies pendant deux minutes. S'il n'est pas à proximité, tu éprouves la même sensation que les drogués quand ils sont en manque. Et de même que les drogués volent et s'humilient pour se procurer ce dont ils ont besoin, tu es prêt à faire n'importe quoi pour l'amour.

— Quel exemple horrible ! » s'est-il exclamé.

Et c'était réellement un exemple horrible, qui ne s'accordait pas avec le vin, le puits, ces maisons médiévales autour de la petite place. Mais c'était vrai. Après avoir tant fait en faveur de l'amour, il fallait qu'il en connaisse aussi les risques.

« Voilà pourquoi nous ne devons aimer qu'une personne qu'il soit possible de garder auprès de nous », ai-je conclu.

Il est resté un long moment à regarder le brouillard. Apparemment, il n'allait plus demander que nous naviguions de nouveau sur les eaux dangereuses d'une discussion concernant l'amour. Je savais que j'étais dure, mais il n'y avait rien d'autre à faire.

« Affaire classée », me suis-je dit. Avoir vécu ensemble pendant ces trois jours — et,

82

par-dessus le marché, en me voyant porter toujours les mêmes vêtements — a dû le faire changer d'idée.

Mon orgueil de femme en a été blessé, mais mon cœur a éprouvé une sorte de soulagement. « Est-ce vraiment cela que je veux ? »

Je pressentais déjà les orages que les vents de l'amour apportent avec eux. Je commençais à remarquer une lézarde dans le mur du barrage.

Nous sommes restés longtemps à boire, sans parler de choses sérieuses. Nous avons parlé des propriétaires de la maison, et du saint qui avait fondé ce village. Il m'a raconté quelques légendes à propos de l'église, de l'autre côté de la petite place.

« Tu es distraite », a-t-il dit à un certain moment.

C'était vrai, mon esprit vagabondait. J'aurais aimé être là avec un homme qui eût laissé mon cœur en paix, un homme avec qui j'aurais pu vivre cet instant sans craindre de le perdre le lendemain. Alors le temps aurait passé plus lentement, nous aurions pu rester silencieux, puisque nous aurions eu toute la vie pour parler. Je n'aurais pas eu besoin de me soucier d'affaires sérieuses, de décisions difficiles à prendre, de paroles dures.

Nous sommes silencieux — et cela est un signe. Je viens à peine de remarquer que nous gardons le silence, quand il se lève pour aller chercher une autre bouteille de vin.

Nous sommes silencieux. J'entends le bruit de ses pas alors qu'il revient vers le puits près duquel nous sommes assis depuis plus d'une heure, à boire et à regarder le brouillard.

Pour la première fois, nous sommes vraiment silencieux. Ce n'est pas ce silence contraint dans la voiture, pendant le trajet de Madrid à Bilbao. Ce n'est pas le silence de mon cœur apeuré dans la chapelle près de San Martín de Unx.

C'est un silence qui me dit que nous n'avons plus besoin de nous donner des explications l'un à l'autre.

Ses pas se sont arrêtés. Il me regarde — et ce qu'il voit doit être beau : une femme assise sur la margelle d'un puits, par une nuit de brouillard, à la lueur d'un lampadaire.

Les maisons du Moyen Âge, l'église du XIe siècle, et le silence.

La deuxième bouteille de vin est presque à moitié vide quand je me décide à parler :

« Ce matin, j'étais déjà persuadée d'être alcoolique. Je ne fais que boire toute la journée. Durant ces trois jours, j'ai bu davantage que pendant toute l'année dernière. »

Il passe la main sur ma tête sans dire un mot. Je sens cette caresse légère, et ne fais rien pour la repousser. Je lui demande :

« Raconte-moi un peu de ta vie.

— Elle est sans grand mystère. Il y a mon chemin, et je fais ce que je peux pour le suivre dans la dignité.

— Quel est ton chemin ?

— Le chemin de qui cherche l'amour. »

Pendant un moment, il s'amuse avec la bouteille. Puis il ajoute, en conclusion :

« Et l'amour est un chemin compliqué.

— Parce que, sur ce chemin, ou les choses nous conduisent au ciel, ou bien elles nous attirent en enfer », dis-je, sans être sûre qu'il fasse allusion à moi.

Il se tait. Peut-être est-il encore plongé dans l'océan du silence, mais le vin, de nouveau, m'a délié la langue, et j'éprouve le besoin de parler.

«Tu as dit que quelque chose, ici, dans ce village, t'a fait changer d'orientation.

— Je crois que c'est vrai. Je n'en suis pas encore tout à fait sûr, et c'est pourquoi je voulais t'amener jusqu'ici.

— C'est un test?

— Non. C'est un acte de foi. C'est pour qu'elle m'aide à prendre la meilleure décision.

— Qui donc?

— La Sainte Vierge.»

La Vierge. J'aurais dû le comprendre. Je suis impressionnée de voir comment toutes ces années de voyages, de découvertes, d'horizons nouveaux, ne l'ont pas libéré du catholicisme de l'enfance. Sur ce point du moins, nos amis et moi avions beaucoup évolué, nous ne vivions plus sous le poids de la faute et des péchés.

«C'est quand même extraordinaire que tu conserves la même foi, après tout ce que tu as vécu.

— Je ne l'ai pas conservée. Je l'ai perdue et je l'ai retrouvée.

— Mais la croyance en des vierges? En des choses impossibles, irréelles? Tu as eu une vie sexuelle active, je suppose?

— Normale. J'ai été amoureux d'un bon nombre de femmes.»

Je ressens une pointe de jalousie, et je suis surprise de ma réaction. Mais la lutte intérieure semble s'être apaisée, et je ne veux pas la raviver.

«Mais pourquoi est-elle "la Vierge"? Pourquoi ne nous montre-t-on pas Notre-Dame comme une femme normale, semblable à toutes les autres?»

Il boit le peu qui restait dans la bouteille. Et me demande si je désire qu'il aille en chercher une autre. Je dis non.

«Je veux absolument que tu me répondes. Dès que nous abordons certains sujets, tu te mets à détourner la conversation.

— Elle était normale. Elle a eu d'autres enfants. La Bible nous dit que Jésus a eu deux frères. La virginité, pour la conception de Jésus, s'explique par le fait que Marie marque le début d'une nouvelle ère de grâce. Avec elle commence une autre étape. Elle est la fiancée cosmique, la Terre — qui s'ouvre au ciel et se laisse féconder.

«En cet instant, grâce à son courage, le courage d'accepter son propre destin, elle permet que Dieu vienne à la Terre. Et elle se transforme en la Grande Mère.»

Je ne parviens pas à suivre son discours. Il s'en rend compte.

«Elle est le visage féminin de Dieu. Elle a sa propre divinité.»

A la façon dont il parle, on perçoit la tension ; ses mots sont presque forcés, comme s'il était en train de commettre un péché. Je demande :

« Une déesse ? »

J'attends un peu, pour qu'il m'explique mieux, mais il ne poursuit pas plus avant. Il y a quelques minutes, je pensais avec ironie à son catholicisme. Maintenant, ses paroles me semblent un blasphème.

« Qui est la Vierge ? Qu'est-ce que la Déesse ? »

C'est moi qui reviens sur le sujet.

« C'est difficile à expliquer, dit-il, de plus en plus mal à l'aise. J'ai sur moi quelques pages de texte. Tu peux les lire, si tu veux. »

J'insiste : « Je ne vais rien lire du tout maintenant. Je veux que tu m'expliques. »

Il cherche la bouteille de vin ; mais celle-ci est vide. Nous ne nous rappelons plus ce qui nous a amenés jusqu'à ce puits. Quelque chose d'important se trouve ici — comme si ses paroles étaient en train d'opérer un miracle. J'insiste encore :

« Continue.

— Son symbole est l'eau, le brouillard qui l'enveloppe. La Déesse se sert de l'eau pour se manifester. »

La brume semble devenir vivante, prendre un caractère sacré, quoique je continue à ne pas bien comprendre ses paroles.

« Je ne veux pas te faire un cours d'histoire. Si tu souhaites en apprendre davantage là-dessus, tu peux lire le texte que j'ai apporté. Mais sache que cette femme — la Déesse, la Vierge Marie, la Shechinah du judaïsme, la Grande Mère, Isis, Sophia, esclave et maîtresse — se trouve présente dans toutes les religions du monde. Elle a été oubliée, interdite, travestie, mais son culte s'est maintenu de millénaire en millénaire, pour parvenir jusqu'à nous.

«L'une des faces de Dieu est la face d'une femme.»

J'ai regardé son visage. Ses yeux brillaient et fixaient le brouillard en face de nous. Je n'avais plus besoin d'insister pour qu'il continue.

«Elle est présente dans le premier chapitre de la Bible, quand l'Esprit de Dieu plane au-dessus des eaux, et qu'Il les place au-dessous et au-dessus des étoiles. C'est le mariage mystique de la Terre et du Ciel.

«Elle est présente au dernier chapitre de la Bible, quand

> *... l'Esprit et l'épouse disent : Viens.*
> *Que celui qui entend dise aussi : Viens.*
> *Que celui qui a soif vienne aussi,*
> *Et que celui qui en voudra reçoive gratuitement l'eau de la vie.*

— Pourquoi le symbole de la face féminine de Dieu est-il l'eau ?

— Je l'ignore. Mais c'est en général ce moyen qu'elle choisit pour se manifester. Peut-être parce que l'eau est source de vie ; nous sommes engendrés au milieu de l'eau, et durant neuf mois nous y demeurons. L'eau est le symbole du pouvoir de la femme, le pouvoir qu'aucun homme — pour éclairé, pour parfait qu'il soit — ne peut espérer atteindre. »

Il s'arrête un instant, puis reprend :

« Dans toute religion, dans toute tradition, elle se manifeste toujours, d'une manière ou d'une autre. Comme je suis catholique, j'arrive à la voir quand je me trouve devant la Vierge Marie. »

Il me prend par la main et, en moins de cinq minutes de marche, nous sommes sortis de Saint-Savin. Nous passons devant une colonne, au bord de la route, dont le sommet est curieusement coiffé d'une croix et de la statue de la Vierge, là où ce devrait être celle de Jésus-Christ. J'ai en mémoire ce qu'il a dit, et je suis surprise de la coïncidence.

Nous sommes maintenant complètement enveloppés par l'obscurité et par la brume. Je m'imagine dans l'eau, au creux du ventre maternel, où le temps ni la pensée n'existent. Ses paroles semblent bien avoir un sens, un sens terrible. Je me rappelle cette femme à la conférence. Je me rappelle la jeune fille qui m'a emmenée jusqu'à la place. Elle aussi avait dit que l'eau était le symbole de la Déesse.

« A vingt kilomètres d'ici, il y a une grotte, poursuit-il. Le 11 février 1858, une petite fille ramassait du bois à proximité, en compagnie de deux autres enfants. Une gamine fragile, asthmatique, d'une pauvreté bien proche de la misère. C'était l'hiver ; ce jour-là, elle eut peur de traverser un petit ruisseau : elle pouvait se mouiller, tomber malade, et ses parents avaient besoin du peu d'argent qu'elle gagnait comme bergère.

« C'est alors qu'apparut une femme habillée de blanc, avec aux pieds deux roses dorées.

Elle s'adressa à l'enfant comme à une princesse, lui demanda, "s'il te plaît", de revenir en ce lieu un certain nombre de fois, et disparut. Les deux autres gamines, qui avaient vu l'enfant en extase, ne tardèrent pas à raconter l'événement à tout le monde.

« A partir de là, un long calvaire commença pour la petite. Elle fut arrêtée, et on exigea qu'elle renie tout. On lui offrit de l'argent pour la tenter, afin qu'elle demande des faveurs particulières à l'apparition. Dans les premiers jours, sa famille fut insultée publiquement : on disait qu'elle faisait tout cela pour attirer l'attention.

« La petite, qui s'appelait Bernadette, n'avait pas la moindre idée de la nature de ce qu'elle voyait. Elle parlait de la dame en disant en patois "ça", et ses parents, bien ennuyés, allèrent réclamer de l'aide au curé du village. Celui-ci suggéra qu'à la prochaine apparition elle s'enquière du nom de la femme en question.

« Bernadette fit ce que le curé avait dit, mais la seule réponse qu'elle obtint fut un sourire. L'apparition se produisit dix-huit fois au total, la plupart du temps sans qu'un seul mot fût prononcé. En l'une des occasions, elle demande à la petite de baiser la terre. Sans rien comprendre, Bernadette fait ce que lui commande l'apparition. Un jour, celle-ci demande à l'enfant de creuser un trou dans le sol de la grotte. Bernadette

93

obéit, et voici que commence à sourdre un peu d'eau bourbeuse, car l'endroit servait d'abri pour les porcs.

« *"Bois de cette eau"*, dit la dame.

« L'eau est si sale que Bernadette, par trois fois, la prend et la rejette, sans avoir le courage de la porter à sa bouche. Elle finit par obéir, mais avec répugnance. A l'endroit où elle a creusé, coule maintenant une source. Un borgne en passe quelques gouttes sur son visage et recouvre la vue. Une femme, désespérée de voir agoniser son enfant nouveau-né, plonge le bébé dans la source — un jour où la température extérieure est tombée au-dessous de zéro — et l'enfant est guéri.

« Peu à peu, la nouvelle se répand, et des milliers de gens affluent sur les lieux. La petite Bernadette insiste toujours pour savoir le nom de la dame, mais celle-ci se contente de sourire. Jusqu'au jour où l'apparition se tourne vers l'enfant et dit :

« *"Je suis l'Immaculée Conception."*

« Toute contente, la petite court raconter la chose au curé.

« "Ce n'est pas possible, dit celui-ci. Nul ne peut être à la fois l'arbre et le fruit, mon enfant. Retourne là-bas et lance sur elle de l'eau bénite."

« Pour le prêtre, Dieu seul peut exister depuis le commencement — et Dieu, à ce que tout indique, est homme. »

Il marque une longue pause.

« Bernadette lance de l'eau bénite sur l'apparition, et celle-ci sourit avec tendresse. Rien d'autre.

« Le 16 juillet, se produit la dernière apparition. Peu après, Bernadette entre au couvent, sans savoir qu'elle a complètement bouleversé le destin de ce petit village proche de la grotte. La source continue de jaillir, et les miracles se succèdent.

« L'histoire se répand d'abord en France, puis dans le monde entier. La ville grandit, se transforme. Des commerçants arrivent et commencent à s'installer partout. Des hôtels s'ouvrent. Bernadette meurt et elle est enterrée loin de là, sans savoir ce qui se passe.

« Pour mettre l'Eglise en difficulté (car, à ce moment-là, le Vatican reconnaît les apparitions), certaines personnes commencent à inventer de faux miracles, démasqués par la suite. L'Eglise réagit vigoureusement : à partir d'une certaine date, elle n'accepte plus comme miracles que les phénomènes soumis avec succès à une série d'examens rigoureux effectués par des commissions médicales et scientifiques.

« Mais l'eau continue à jaillir, et les cures se poursuivent. »

Il me semble entendre un bruit près de nous. J'ai peur, mais lui ne bouge pas. Le brouillard a maintenant une vie et une histoire. Je pense à tout ce dont il parle. Comment sait-il tout cela ?

Je pense à la face féminine de Dieu. L'homme qui est à côté de moi a l'âme pleine de contradictions. Il n'y a pas si longtemps, il m'a écrit qu'il voulait entrer dans un séminaire catholique ; mais il croit que Dieu a une face féminine.

Il reste silencieux. Moi, je continue à me sentir dans le ventre de la Terre Mère, hors du temps et de l'espace. L'histoire de Bernadette semble se dérouler sous mes yeux, dans cette brume qui nous enveloppe.

Il reprend :

« Bernadette ignorait deux choses de la plus grande importance. La première était que, avant l'arrivée de la religion chrétienne dans ces montagnes, celles-ci étaient habitées par des Celtes, et la dévotion à la Déesse tenait la première place dans la culture de ces populations. Des générations et des générations avaient compris la face féminine de Dieu et partageaient Son amour et Sa gloire.

— Et la seconde ?

— La seconde était que, peu avant que Bernadette n'ait eu ses visions, les autorités suprêmes du Vatican avaient tenu des réunions secrètes. Presque personne ne savait ce qui se passait à ces réunions, et il est bien certain que le curé du village de Lourdes n'en avait pas la moindre idée. Les hauts dignitaires de l'Eglise catholique étaient en

96

train de décider s'il fallait instituer le dogme de l'Immaculée Conception. Ce dogme finit par être proclamé par la bulle papale *Ineffabilis Deus*. Mais sans que fût précisé très exactement, pour le grand public, ce que cela signifiait.

— Et qu'as-tu à voir dans tout cela ?

— Je suis son disciple. C'est avec elle que j'ai appris », dit-il sans se rendre compte qu'il me révèle du même coup la source de tout ce qu'il sait.

« Tu la vois ?

— Oui. »

Nous revenons sur la place et franchissons les quelques mètres qui nous séparent de l'église. Je vois le puits, la lumière du lampadaire, et la bouteille de vin avec les deux verres sur la margelle. Je pense : « Il a dû y avoir là deux amoureux. Silencieux, tandis que leurs cœurs se parlaient. Et après que leurs cœurs ont eu tout dit, ils ont commencé à partager les grands mystères. »

Une fois de plus, nous n'avons pas parlé d'amour. N'importe. Je sens que je me trouve devant quelque chose de grave, et je dois en profiter pour en comprendre le plus possible. Pendant quelques instants, je me rappelle mes études, Saragosse, l'homme de ma vie que je prétends trouver ; mais tout cela me semble maintenant lointain, enveloppé dans la même brume qui recouvre Saint-Savin.

« Pourquoi m'as-tu raconté l'histoire de Bernadette ?

— J'ignore le motif exact, répond-il, sans

les directions, et qu'il était content parce que je l'écoutais de nouveau.

Mon cœur me disait que j'étais amoureuse. Et je me suis endormie heureuse, un sourire aux lèvres.

Mardi 7 décembre 1993

Il s'était endormi tout de suite. Moi, je suis restée longtemps éveillée, en pensant à cette brume, là-dehors, à la place du village, au vin, à notre conversation. J'ai lu le manuscrit qu'il m'avait prêté, et je me suis sentie heureuse; Dieu — si vraiment Il existait — était père et mère.

Ensuite, j'ai éteint la lumière et j'ai continué à penser au silence, au bord du puits. C'est dans ces moments où nous ne parlions pas que j'ai compris combien j'étais proche de lui.

Ni lui ni moi n'avions rien dit. Il est inutile de parler de l'amour, car l'amour possède sa propre voix, et parle de lui-même. Ce soir-là, sur la margelle du puits, le silence avait permis à nos cœurs de se rapprocher et de mieux se connaître. Alors, mon cœur avait entendu ce qu'avait dit son cœur, et s'était senti heureux.

Avant de fermer les yeux, j'ai décidé de faire ce qu'il appelait l'«exercice de l'Autre».

«Je suis ici dans cette chambre. Loin de tout ce à quoi je suis habituée, parlant de sujets auxquels je ne me suis jamais intéressée, passant la nuit dans une ville où je n'avais encore jamais mis les pieds. Je peux faire semblant — pendant quelques minutes — d'être différente.»

Et je me suis mise à imaginer comment j'aimerais vivre ce moment-là. J'aimerais être gaie, pleine de curiosité, heureuse; vivant intensément chaque seconde, buvant avidement l'eau de la vie; me fiant de nouveau à mes rêves; capable de me battre pour satisfaire mes désirs.

Aimant un homme qui m'aimait.

Oui, c'était bien là la femme que j'aurais voulu être, et qui tout à coup apparaissait et devenait moi.

J'ai senti que mon âme baignait dans la lumière d'un dieu — ou d'une déesse — en qui je ne croyais plus. Et j'ai senti qu'en cet instant l'Autre quittait mon corps et allait s'asseoir dans un coin de la petite chambre.

Je regardais la femme que j'avais été jusqu'alors: faible, et cherchant à donner une impression de force. Ayant peur de tout, mais se disant à elle-même que ce n'était pas de la peur, que c'était la sagesse de qui connaît la réalité. Elevant des murs devant

les fenêtres qui laissaient passer l'allégresse du soleil, afin que ses vieux meubles ne perdent pas leur éclat.

J'ai vu l'Autre assise au coin de la pièce, fragile, lasse, désabusée. Gouvernant et tyrannisant ce qui devrait toujours rester libre : les sentiments. Essayant de juger l'amour futur d'après la souffrance passée.

L'amour est toujours nouveau. Peu importe que l'on aime une fois, deux fois, dix fois, dans sa vie — on se trouve toujours devant une situation inconnue. L'amour peut nous mener en enfer ou au paradis, mais il nous mène toujours quelque part. Il faut l'accepter, parce qu'il est ce qui nourrit notre existence. Si nous nous dérobons, nous mourrons de faim en ayant sous les yeux les branches chargées de fruits de l'arbre de la vie, sans oser tendre la main pour les cueillir. Il faut aller chercher l'amour où qu'il soit, quand bien même cela peut signifier des heures, des jours, des semaines de déception et de tristesse. Parce que, dès le moment où nous partirons en quête de l'amour, lui aussi partira à notre rencontre.

Et nous sauvera.

Quand l'Autre s'est éloignée de moi, mon cœur s'est remis à me parler. Il m'a raconté que la fissure dans la digue laissait s'infiltrer l'eau, que les vents soufflaient dans toutes

me regarder en face. Peut-être parce que nous sommes près de Lourdes. Peut-être parce que après-demain est le jour de l'Immaculée Conception. Ou peut-être parce que je voulais te montrer que ce monde qui est le mien n'est pas aussi solitaire ni aussi fou qu'il peut le sembler. D'autres gens en font partie. Et partagent ma croyance.

— Je n'ai jamais pensé que ton monde était fou. C'est peut-être le mien qui l'est : je gaspille les moments les plus précieux de ma vie sur des cahiers, à poursuivre des études qui ne me permettront pas de quitter un endroit que je connais déjà. »

J'ai senti qu'il était soulagé : je le comprenais.

J'espérais qu'il continuerait à parler de la Déesse, mais il s'est tourné vers moi et a dit :

« Allons nous coucher. Nous avons beaucoup bu. »

A mon réveil, la fenêtre était ouverte, et il regardait les montagnes au loin. Je suis restée quelques minutes silencieuse, prête à refermer les yeux si jamais il tournait la tête.

Comme s'il avait deviné mes pensées, il s'est retourné et m'a regardée.

« Bonjour.

— Bonjour. Ferme la fenêtre, il fait froid. »

L'Autre était revenue sans crier gare. Elle essayait encore de changer la direction du vent, de découvrir des défauts, de dire que, non, c'était impossible. Mais elle savait que c'était trop tard.

« Il faut que je me change.

— Je vais t'attendre en bas. »

Alors je me suis levée, j'ai chassé l'Autre de mes pensées, j'ai rouvert la fenêtre et laissé entrer le soleil. Le soleil qui inondait tout : les montagnes couvertes de neige, le sol jonché de feuilles mortes, la rivière que je ne voyais pas mais que j'entendais.

Le soleil a gagné mes seins, a illuminé

mon corps nu, et je ne sentais pas le froid parce qu'un feu me consumait — la chaleur d'une étincelle qui se transforme en flamme, et la flamme se transforme en bûcher, le bûcher en incendie impossible à maîtriser. Je le savais.

Et je le voulais.

Je savais qu'à partir de ce moment j'allais connaître le ciel et l'enfer, la joie et la douleur, le rêve et la désespérance, et que je ne pourrais plus contenir les vents qui soufflaient des recoins cachés de l'âme. Je savais qu'à partir de ce matin-là l'amour serait désormais mon guide — un guide qui était pourtant là depuis l'enfance, depuis la première fois où je l'avais vu. Car je ne l'avais jamais oublié, même si je m'étais jugée indigne de me battre pour lui. C'était un amour difficile, avec des frontières que je ne voulais pas franchir.

Je me suis souvenue de cette place à Soria, de cette minute où je lui avais demandé de chercher la médaille que j'avais perdue. Je savais, oui, je savais bien ce qu'il allait me dire, et que je ne voulais pas entendre, parce qu'il était de ces garçons qui un beau jour s'en vont, en quête d'aventures, d'argent ou de rêves. Mais j'avais besoin d'un amour impossible, mon cœur et mon corps étaient encore vierges, et un prince charmant devait venir à ma rencontre.

En ce temps-là je ne savais pas grand-

106

chose de l'amour. Quand je l'ai vu à la conférence, et que j'ai accepté son invitation, j'ai cru que la femme mûre était capable de contrôler le cœur de la jeune fille qui avait tellement lutté pour rencontrer son prince charmant. C'est alors qu'il avait parlé de l'enfant qui subsiste en chacun de nous, et j'ai à nouveau entendu la voix de la jeune fille que j'avais été, de la princesse qui avait peur d'aimer et de perdre.

Quatre jours durant, j'avais tenté d'ignorer la voix de mon cœur, mais elle avait été de plus en plus puissante, au grand désespoir de l'Autre. Dans le recoin le plus caché de mon âme, j'existais encore, et je croyais aux rêves. Avant de laisser l'Autre dire quoi que ce fût, j'avais accepté la place offerte dans la voiture, accepté de faire le voyage, et décidé d'en courir les risques.

Et c'est pour cette raison même — à cause de ce peu de moi qui subsistait — que l'amour m'avait à nouveau rencontrée, après m'avoir cherchée aux quatre coins du monde. L'amour m'avait à nouveau rencontrée, bien que l'Autre eût dressé une barrière de préjugés, de certitudes et de livres d'études dans une rue tranquille de Saragosse.

J'ai ouvert la fenêtre. Et mon cœur. Le soleil a inondé la chambre, et l'amour a inondé mon âme.

Nous avons marché pendant des heures, à jeun ; cheminé sur la route enneigée ; puis nous avons pris notre petit déjeuner dans un village dont je ne saurai jamais le nom, mais où s'élevait une fontaine, et sur cette fontaine une sculpture représentant un serpent et une colombe entrelacés au point de ne faire qu'un seul animal.

Il a souri à cette image :

« C'est un signe. Masculin et féminin unis dans la même figure.

— Je n'avais jamais pensé à ce que tu m'as dit hier. Pourtant, c'est logique.

— "Dieu le créa mâle et femelle" », a-t-il dit, citant une phrase de la Genèse. « Parce que c'était cela, son image et sa ressemblance : homme et femme. »

J'ai vu que ses yeux avaient un autre éclat. Il était heureux et riait d'un rien. Il engageait la conversation avec les rares personnes rencontrées en chemin : agriculteurs habillés de gris qui se rendaient au travail ;

montagnards en vêtements colorés se préparant à escalader un pic.

Je me taisais, car mon français était lamentable, mais mon âme se réjouissait de le voir ainsi. Son contentement était tel que tous souriaient quand ils discutaient avec lui. Peut-être son cœur lui avait-il révélé quelque chose et savait-il maintenant que je l'aimais — même si je continuais à me comporter comme une amie d'enfance.

«Tu as l'air plus heureux, ai-je dit.

— C'est parce que j'ai toujours rêvé de me trouver ici avec toi, à marcher au milieu de ces montagnes et à cueillir les fruits dorés du soleil.»

«Les fruits dorés du soleil»: un vers écrit il y avait bien longtemps et qu'il répétait maintenant, juste au bon moment.

«Il y a une autre raison à ton allégresse, ai-je ajouté.

— Laquelle?

— Tu sais que je suis contente. C'est grâce à toi que je suis ici aujourd'hui, en train de gravir de vraies montagnes, loin des montagnes de cahiers et de livres. Tu me rends heureuse. Et le bonheur est quelque chose qui se multiplie quand il se divise.

— Tu as fait l'exercice de l'Autre?

— Oui. Comment le sais-tu?

— Parce que tu as changé, toi aussi. Et parce que nous apprenons toujours cet exercice au bon moment.»

L'Autre m'a suivie durant toute cette matinée. Elle essayait de se rapprocher. De minute en minute, pourtant, sa voix faiblissait et son image se défaisait. Je revoyais la fin des films de vampires, quand le monstre tombe en poussière.

Nous sommes passés devant une autre colonne surmontée d'une statuette de la Vierge et de la croix.

« A quoi penses-tu ? a-t-il demandé.

— Aux vampires. Aux êtres nocturnes, renfermés, cherchant désespérément de la compagnie. Mais incapables d'aimer. C'est pour cette raison que, selon la légende, un pieu enfoncé dans le cœur peut tuer le vampire ; le cœur se réveille, libère l'énergie de l'amour, et détruit le mal.

— Je n'y avais encore jamais réfléchi. Mais c'est logique. »

J'avais réussi à enfoncer ce pieu. Le cœur, libéré des malédictions, devenait maître de tout. L'Autre n'avait plus d'endroit où demeurer.

Mille fois j'ai éprouvé l'envie de prendre sa main ; mille fois je suis restée sans le faire. J'étais un peu désorientée : je voulais lui dire que je l'aimais, et je ne savais pas de quelle façon m'y prendre.

Nous avons bavardé, parlé des montagnes et des rivières. Nous nous sommes perdus dans la forêt pendant près d'une heure, puis

110

nous avons retrouvé le sentier. Nous avons mangé des sandwichs et bu de la neige fondue. Quand le soleil s'est mis à décliner, nous avons décidé de retourner à Saint-Savin.

Le bruit de nos pas se répercutait sur les murs de pierre.

Instinctivement, j'ai porté la main au bénitier et fait le signe de la croix. Je me suis rappelé ce qu'il avait expliqué : l'eau est le symbole de la Déesse.

« Allons jusque là-bas », a-t-il dit.

Nous avons avancé dans l'église déserte, sombre, où un saint était enterré sous le maître-autel : saint Savin, un ermite qui avait vécu au début du deuxième millénaire. Ces murs avaient déjà été démolis et reconstruits de nombreuses fois.

Certains endroits sont ainsi — ils peuvent bien être dévastés par les guerres, les persécutions, l'indifférence, mais ils demeurent sacrés. Et il arrive alors que quelqu'un passe par là, sente qu'il manque quelque chose, et reconstruise.

J'ai remarqué une statue du Christ en croix qui me donnait une étrange sensation.

112

J'ai eu la nette impression qu'il me suivait du regard.

« Arrêtons-nous ici. »

Nous étions devant un autel de Notre-Dame.

« Regarde la statue. »

Marie avec son fils dans les bras; le doigt de l'enfant Jésus pointé vers le haut.

Je lui ai parlé de ce que je voyais. Il a insisté :

« Regarde mieux. »

J'ai examiné tous les détails de la statue de bois : la peinture dorée, le piédestal, la perfection des plis du manteau. Mais c'est quand j'ai mieux observé le doigt de l'enfant Jésus que j'ai compris.

En vérité, bien que Marie le portât dans ses bras, c'était Jésus qui la tenait. Le bras de l'enfant, dressé vers le ciel, semblait entraîner la Vierge jusqu'à l'empyrée. De retour à la demeure de son Epoux.

« L'artiste qui a réalisé cette sculpture, voilà plus de six cents ans, savait ce qu'il faisait », a-t-il commenté.

Des pas résonnèrent sur le plancher. Une femme entra et alluma un cierge devant le maître-autel. Nous sommes restés silencieux un moment, respectant sa prière.

« L'amour ne vient jamais progressivement », me disais-je tandis que je le voyais absorbé dans la contemplation de la Vierge. La veille, le monde avait un sens sans qu'il y fût présent. Maintenant, j'avais besoin qu'il fût à mes côtés pour distinguer le véritable éclat des choses.

Après le départ de la femme, il a repris :

« L'artiste connaissait la Grande Mère, la Déesse, la face miséricordieuse de Dieu. Tu m'as posé une question à laquelle je n'ai pas réussi à répondre correctement jusqu'à présent. Tu m'as demandé : "Où as-tu appris tout cela ?" »

Oui, je le lui avais demandé, et il avait déjà répondu. Mais je me suis tue.

« Eh bien, c'est avec cet artiste que j'ai appris. J'ai accepté l'amour du plus haut des cieux. Je me suis laissé guider. Tu dois te souvenir de cette lettre dans laquelle je te disais que je voulais entrer au monastère. Je ne te l'ai jamais raconté, mais le fait est que j'y suis entré. »

J'ai repensé aussitôt à cette conversation avant la conférence. Mon cœur s'est mis à battre plus vite, et j'ai essayé de fixer mon regard sur la Vierge. Elle souriait.

« Ce n'est pas possible. S'il y est entré, il en est sorti. Je t'en prie, dis-moi que tu as quitté le séminaire ! »

« J'avais déjà vécu ma jeunesse avec intensité », a-t-il continué, sans se soucier de ce que je pensais. « Je connaissais d'autres gens, d'autres paysages. J'avais cherché Dieu aux quatre coins du monde. J'avais aimé d'autres

114

femmes, travaillé pour un grand nombre d'hommes, dans divers métiers.»

Autre coup au cœur. «Il faut que je fasse attention pour que l'Autre ne revienne pas», me suis-je dit en gardant les yeux fixés sur le sourire de la Vierge.

«Le mystère de la vie me fascinait, a-t-il poursuivi. Je voulais mieux le comprendre. Je suis allé chercher des réponses là où je pensais que quelqu'un les détenait. En Inde, en Egypte. J'ai connu des maîtres de la magie et de la méditation. J'ai vécu au côté d'alchimistes et de prêtres. Et j'ai découvert ce que j'avais besoin de découvrir : que la vérité se trouve toujours là où existe la foi.»

J'ai regardé à nouveau dans l'église, autour de moi — ces pierres usées, tant de fois écroulées et remises en place. Qu'était-ce donc qui poussait l'homme à insister de cette façon, à travailler avec un tel acharnement pour reconstruire ce petit temple, en un lieu éloigné de tout, perdu au creux de ces hautes montagnes ?

La foi.

«Les bouddhistes avaient raison, les hindous avaient raison, les Indiens d'Amérique avaient raison, les musulmans avaient raison, les juifs avaient raison. Chaque fois que l'homme suivrait — d'un cœur sincère — le chemin de la foi, il serait capable de s'unir à Dieu et d'opérer des miracles. Mais se contenter de savoir cela ne servait à rien : il

115

fallait faire un choix. J'ai choisi l'Eglise catholique parce que j'ai été élevé dans son sein et que mon enfance était imprégnée de ses mystères. Si j'étais né juif, j'aurais choisi le judaïsme. Dieu est le même, bien qu'Il ait mille noms ; mais il faut en choisir un pour s'adresser à Lui. »

A nouveau, des pas dans l'église.

Un homme s'est approché et il est resté à nous regarder. Ensuite il s'est dirigé vers le maître-autel et a retiré les candélabres. Ce devait être quelqu'un chargé de l'entretien de l'église.

« Ce soir, j'ai un rendez-vous, a-t-il dit, lorsque l'homme se fut éloigné.

— S'il te plaît, poursuis ce que tu étais en train de me raconter. Ne change pas de sujet.

— Je suis entré dans un séminaire près d'ici. Pendant quatre ans j'ai étudié autant que j'ai pu. Au cours de cette période, j'ai pris contact avec les éclairés, les charismatiques, les divers courants qui cherchaient à rouvrir des portes fermées depuis bien longtemps. J'ai découvert que Dieu n'était pas le croque-mitaine qui m'effrayait dans mon enfance. Qu'il y avait un mouvement de retour à l'innocence originelle du christianisme.

— Ainsi, au bout de deux mille ans, on a compris qu'il fallait laisser Jésus faire partie de l'Eglise, ai-je remarqué avec une certaine ironie.

— Tu plaisantes, mais c'est exactement cela. J'ai commencé à apprendre avec l'un des supérieurs du couvent. Il m'enseignait qu'il faut accepter le feu de la Révélation, l'Esprit-Saint. »

Mon cœur se serrait à mesure que j'écoutais ses paroles. La Vierge continuait à sourire, et l'Enfant Jésus avait une expression joyeuse. Moi aussi, autrefois, j'avais cru à ces choses; mais le temps, l'âge, le sentiment d'être quelqu'un de plus logique et de plus pratique avaient fini par m'éloigner de la religion. J'ai pensé combien j'aurais aimé retrouver cette foi enfantine qui m'avait accompagnée tant d'années et m'avait fait croire aux anges et aux miracles. Mais il était impossible d'y revenir simplement par un acte de volonté.

« Le supérieur me disait : "Si vous croyez, vous finirez par savoir." J'ai commencé à parler tout seul dans ma cellule. J'ai prié pour que le Saint-Esprit se manifeste et m'enseigne tout ce que j'avais besoin de connaître. Peu à peu j'ai découvert que, au fur et à mesure que je parlais seul, une voix plus savante disait les choses pour moi. »

Je l'ai interrompu : « Cela m'arrive aussi. »

Il a attendu, croyant que j'allais continuer. Mais je n'y arrivais pas.

« Je t'écoute. »

Ma langue était paralysée. Ses paroles

117

étaient magnifiques, et je ne pouvais m'exprimer avec des mots semblables.

« L'Autre veut revenir », a-t-il poursuivi, comme s'il devinait mes pensées. « Et l'Autre a peur de dire des sottises.

— Oui », ai-je répondu, en faisant mon possible pour dominer ma peur. « Bien souvent, quand je discute avec quelqu'un et que je m'exalte sur un sujet quelconque, j'en arrive à dire des choses auxquelles je n'avais jamais pensé auparavant. J'ai l'impression de canaliser une intelligence qui n'est pas la mienne et qui en sait sur la vie beaucoup plus long que moi. Mais c'est assez rare. En général, dans n'importe quelle discussion, je préfère écouter. Je crois alors que j'apprends quelque chose de nouveau, mais en fin de compte j'oublie tout.

— Nous sommes notre plus grande surprise. La foi de la grosseur d'un grain de moutarde nous ferait ébranler ces montagnes, là-bas. Voilà ce que j'ai appris. Et aujourd'hui je me surprends moi-même quand j'écoute avec respect mes propres paroles. Les apôtres étaient des pêcheurs illettrés, ignorants. Mais ils ont accepté la flamme qui descendait du ciel. Ils n'ont pas eu honte de leur propre ignorance : ils ont eu foi dans l'Esprit-Saint. Ce don est accordé à ceux qui veulent bien le recevoir. Il suffit seulement de croire, d'accepter, de n'avoir pas peur de commettre quelques erreurs. »

La Vierge souriait en face de moi. Elle avait eu toutes les raisons de pleurer, et cependant elle souriait.

«Poursuis le récit que tu faisais, ai-je demandé.

— C'est bien cela. Accepter le don. Alors, le don se manifeste.

— Ce n'est pas ainsi que cela marche.

— Tu ne me comprends donc pas?

— Si, je comprends. Mais je suis comme tout le monde : j'ai peur. Je pense que cela marche pour toi, ou pour mon voisin, mais jamais pour moi.

— Un jour, cela changera. Quand tu comprendras que nous sommes semblables à cet enfant, ici devant nous, et qui nous regarde.

— Oui, mais en attendant nous penserons que nous sommes arrivés près de la lumière et que nous ne parvenons pas à allumer notre propre flamme.»

Il ne m'a rien répondu.

«Tu n'as pas fini l'histoire du séminaire, ai-je dit au bout d'un moment.

— Je suis toujours au séminaire.»

Et, avant que j'aie pu réagir, il s'est levé et s'est dirigé vers le chœur de l'église.

Je n'ai pas bougé. Dans ma tête, tout tournait ; je ne comprenais pas ce qui se passait. Au séminaire!

Mieux valait ne pas réfléchir. Le barrage s'était rompu, l'amour inondait mon âme, et je n'en étais plus maîtresse. Il y avait encore une issue, l'Autre — celle qui était dure parce qu'elle était faible, froide parce qu'elle avait peur —, mais je ne voulais plus d'elle. Je ne pouvais plus voir la vie à travers ses yeux.

Un son est venu interrompre le cours de mes pensées — un son aigu, prolongé, comme celui d'une flûte gigantesque. Mon cœur a fait un bond.

Un autre son. Un autre encore. J'ai regardé derrière moi : un escalier en bois aboutissait à une sorte de palier grossier, peu en harmonie avec la beauté glacée de la pierre. Sur cette plate-forme, on pouvait voir un orgue ancien.

Il était là. Je ne distinguais pas son visage car l'endroit était sombre, mais je savais qu'il était là.

Je me suis levée, et il m'a arrêtée.

«Pilar!» a-t-il dit d'une voix chargée d'émotion. «Reste où tu es.» J'ai obéi. «Que la Grande Mère m'inspire, a-t-il repris. Que la musique soit mon oraison de ce jour!»

Il a commencé à jouer l'Ave Maria. Il devait être six heures du soir, l'heure de l'angélus, l'heure où la lumière et les ténèbres se mêlent. Le son de l'orgue se répercutait dans l'église vide, s'incorporait aux pierres et aux statues chargées d'histoire et de foi. J'ai fermé les yeux et laissé la musique me pénétrer aussi, laver mon âme des peurs et des fautes, me rappeler que j'étais meilleure que

120

je ne croyais, plus forte que je ne m'imaginais.

J'ai ressenti un désir intense de prier, et c'était la première fois que cela se produisait depuis que je m'étais écartée du chemin de la foi. J'avais beau être assise sur ce banc, mon âme était agenouillée aux pieds de Notre-Dame, celle qui se tenait devant moi, cette femme qui a dit *oui* quand elle aurait pu dire *non*, et dans ce cas l'ange serait allé en chercher une autre, et il n'y aurait eu aucun péché aux yeux du Seigneur parce que Dieu connaît à fond la faiblesse de ses enfants. Mais elle a dit

que Votre volonté soit faite

tout en sentant bien qu'elle recevait, en même temps que les paroles de l'ange, toute la douleur et toute la souffrance de son destin ; et les yeux de son cœur avaient pu voir alors le fils chéri sortir de sa maison, les gens qui le suivaient et plus tard le reniaient, mais

que Votre volonté soit faite

alors même qu'à l'instant le plus sacré de la vie d'une femme elle avait dû se mêler aux animaux d'une étable pour enfanter, parce que les Ecritures le voulaient ainsi,

que Votre volonté soit faite

alors même qu'en proie à l'inquiétude elle cherchait son enfant dans les rues et le trouva au Temple. Mais lui demanda qu'on ne le dérangeât point, car il avait à accomplir d'autres devoirs et d'autres tâches,

que Votre volonté soit faite

tout en sachant qu'elle continuerait à partir à sa recherche pour le restant de ses jours, le cœur transpercé par le poignard de la douleur, craignant à chaque minute pour sa vie, sachant qu'il était pourchassé et menacé,

que Votre volonté soit faite

alors même que, l'ayant rencontré au milieu de la foule, elle ne put réussir à l'approcher,

que Votre volonté soit faite

alors même qu'ayant demandé à quelqu'un de lui faire savoir qu'elle se trouvait là, son fils lui fit dire : « Ma mère et mes frères sont ceux-là qui sont ici avec moi »,

que Votre volonté soit faite

alors même que tous s'enfuyaient au moment final, et qu'elle seule, une autre femme et l'un d'eux demeurèrent au pied de la croix, endurant le rire des ennemis et la lâcheté des amis,

que Votre volonté soit faite.

Que Ta volonté soit faite, Seigneur. Parce que Tu connais les faiblesses de Tes enfants et ne remets à chacun que le fardeau qu'il est capable de porter. Que Tu comprennes mon amour, parce que c'est la seule chose qui soit vraiment à moi, la seule chose que je pourrai emporter dans l'autre vie. Fais qu'il

122

demeure courageux et pur, qu'il puisse rester vivant, en dépit des abîmes et des pièges du monde.

L'orgue s'est tu, et le soleil s'est caché derrière les montagnes, comme si l'un et l'autre avaient été gouvernés par la même main. Sa prière avait été entendue, la musique avait été son oraison. J'ai ouvert les yeux, l'église était dans une obscurité complète — à l'exception du cierge solitaire qui éclairait l'image de la Vierge.

J'ai entendu le bruit de ses pas qui se rapprochaient de moi. La lueur de cet unique cierge a éclairé mes larmes et mon sourire, qui, même s'il n'était pas aussi beau que celui de la Vierge, prouvait que mon cœur était vivant.

Il me regardait, et je le regardais. Ma main a cherché la sienne. J'ai senti que c'était maintenant son cœur qui battait plus vite ; je pouvais presque l'entendre, car nous étions à nouveau silencieux.

Mon âme était tranquille, mon cœur en paix.

J'ai pris sa main, et il m'a enlacée. Nous sommes restés là, aux pieds de la Vierge, pendant un moment dont je ne saurais préciser la durée, parce que le temps s'était immobilisé.

Elle nous regardait. La jeune paysanne qui

avait dit oui à son destin. La femme qui avait accepté de porter dans son ventre le fils de Dieu, et dans son cœur l'amour de la Déesse. Elle pouvait comprendre.

Je ne voulais rien demander. Il suffisait des moments passés ce soir-là dans l'église pour justifier tout ce voyage. Il suffisait de ces quatre jours avec lui pour justifier toute cette année au cours de laquelle il n'était rien arrivé de remarquable.

C'est pourquoi je ne voulais rien demander. Nous sommes sortis de l'église en nous tenant par la main et nous sommes retournés à la chambre. Tout tournait dans ma tête : le séminaire, la Grande Mère, le rendez-vous qu'il avait ce soir-là.

Alors, je me suis rendu compte que, moi comme lui, nous voulions attacher nos âmes au même destin ; mais il y avait un séminaire en France, il y avait Saragosse. Mon cœur s'est serré. J'ai regardé les maisons médiévales, le puits de la nuit précédente. Je me suis rappelé le silence et l'air triste de l'Autre femme que j'avais été un jour.

« Seigneur Dieu, je suis en train d'essayer de retrouver ma foi. Ne m'abandonnez pas au milieu d'une histoire comme celle-ci », ai-je demandé, repoussant la peur au loin.

Lui a dormi un peu et moi, de nouveau, je suis restée éveillée, à regarder la découpe sombre de la fenêtre. Puis nous nous sommes levés, nous avons dîné avec la famille, qui ne parlait jamais à table, et il a demandé la clé de la maison.

« Aujourd'hui, nous rentrerons tard, a-t-il dit à la femme.

— Les jeunes ont besoin de s'amuser, a-t-elle répondu. Et doivent profiter de leurs vacances le mieux possible. »

« Il faut que je te demande quelque chose »,
ai-je dit, au moment où nous montions en
voiture. « J'essaie de l'éviter, mais je n'y
arrive pas.

— Le séminaire ?

— Oui, c'est ça. Je ne comprends pas. »

« Bien qu'il n'importe plus de comprendre
quoi que ce soit », ai-je pensé.

« Je t'ai toujours aimée. J'ai eu d'autres
femmes, mais je t'ai toujours aimée. Je gar-
dais la médaille sur moi, en pensant qu'un
jour je te la rendrais, en ayant le courage de
dire "je t'aime". Tous les chemins du monde
me ramenaient à toi. Je t'écrivais, et j'avais
peur en ouvrant tes lettres parce que, dans
l'une d'elles, tu aurais pu me dire que tu
avais rencontré quelqu'un. C'est alors que
j'ai entendu l'appel à la vie spirituelle. Ou
plutôt, c'est alors que j'ai accepté cet appel,
parce que — comme toi — il était déjà présent depuis mon enfance. J'ai découvert que
Dieu avait trop d'importance dans ma vie

pour que je puisse être heureux si je ne suivais pas ma vocation. La face du Christ était celle de chacun des pauvres que je rencontrais à travers le monde, et il m'était impossible de ne pas la voir.»

Il s'est tu, et j'ai préféré ne pas insister. Vingt minutes plus tard, il a arrêté la voiture et nous sommes descendus.

«Nous voici à Lourdes. Il faudrait que tu voies cela en été.»

Ce que je voyais, c'étaient des rues désertes, des magasins fermés, des hôtels barricadés, avec une grille d'acier devant la porte.

«Six millions de personnes viennent ici en été, a-t-il repris avec émotion.

— Pour moi, c'est une ville fantôme, apparemment.»

Nous avons traversé un pont. En face de nous, un immense portail de fer, flanqué d'anges, dont l'un des battants était ouvert. Nous sommes entrés.

«Continue ce que tu disais», ai-je demandé, alors que j'avais décidé, quelques minutes plus tôt, de ne pas insister. «Parle-moi encore de la face du Christ.»

J'ai senti qu'il ne désirait pas poursuivre cette conversation. Peut-être n'était-ce ni le lieu ni le moment. Mais maintenant qu'il avait commencé, il fallait aller jusqu'au bout.

Nous avons marché le long d'une grande allée bordée de pelouses couvertes de neige. Au fond, je pouvais apercevoir la forme élancée d'une église.

« Continue, ai-je encore dit.

— Tu sais déjà. Je suis entré au séminaire. Pendant la première année, j'ai demandé à Dieu de m'aider à transformer mon amour pour toi en amour pour tous les hommes. Au cours de la deuxième, j'ai senti que Dieu m'écoutait. La troisième année, les regrets étaient encore très vifs, mais j'étais quand même tout à fait sûr que cet amour se transformait progressivement en charité, en prière, en aide aux nécessiteux.

— Alors pourquoi as-tu de nouveau cherché à me voir? Pourquoi avoir à nouveau allumé ce feu en moi? Pourquoi m'avoir parlé de l'exercice de l'Autre et m'avoir fait comprendre la mesquinerie de mon existence? »

Les mots me venaient en désordre, ma voix tremblait. De minute en minute, je le voyais plus près du séminaire et plus loin de moi.

« Pourquoi es-tu revenu? Pourquoi ne me racontes-tu tout cela qu'aujourd'hui, quand tu vois bien que je commence à t'aimer? »

Il a tardé un peu à répondre.

« Tu vas trouver ça idiot.

— Je ne vais rien trouver du tout. Je n'ai

128

plus peur d'avoir l'air ridicule. Tu m'auras appris cela.

— Il y a deux mois, mon supérieur m'a demandé de l'accompagner chez une femme qui, à sa mort, avait laissé tout ce qu'elle possédait à notre séminaire. Elle habitait Saint-Savin, et il devait faire l'inventaire de ses biens. »

La basilique se rapprochait à chaque pas. Mon intuition me disait qu'à peine y arriverions-nous, toute conversation se trouverait interrompue.

« Ne t'arrête pas, ai-je dit. J'ai droit à une explication.

— Je me souviens du moment où je suis entré dans cette maison. Les fenêtres donnaient sur les monts des Pyrénées et la clarté du soleil, intensifiée par l'éclat de la neige, illuminait tout. J'ai commencé à établir une liste mais, au bout de quelques minutes, je me suis arrêté. Je me suis aperçu que cette femme avait exactement les mêmes goûts que moi. Elle possédait les disques que j'aurais moi-même achetés, avec les airs que j'aurais aimé écouter en regardant ce paysage. Les étagères étaient chargées de livres — certains que j'avais déjà lus, d'autres que j'aurais sûrement aimé lire. J'ai bien regardé les meubles, les tableaux, les petits objets qu'il y avait çà et là ; c'était comme si je les avais moi-même choisis.

« De ce jour, je n'ai cessé de penser à cette maison. Chaque fois que j'allais à la chapelle pour prier, j'en venais à me dire que mon renoncement n'avait pas été complet. Je m'imaginais là avec toi, habitant une maison semblable à celle-là, à écouter ces disques, à regarder la neige sur la montagne et le feu dans la cheminée. J'imaginais nos enfants en train de courir dans la maison et de jouer dans la campagne autour de Saint-Savin. »

Sans être jamais entrée dans cette maison, je savais exactement à quoi elle ressemblait. Et j'ai souhaité alors qu'il ne dise rien de plus, pour pouvoir rêver.

Mais il a poursuivi :

« Voilà deux semaines, je n'ai plus pu supporter cette tristesse de mon âme. Je suis allé voir le supérieur. Je lui ai raconté l'histoire de mon amour pour toi, et ce que j'avais ressenti quand j'étais allé faire cet inventaire. »

Une pluie fine s'est mise à tomber. J'ai baissé la tête et mieux fermé ma veste. J'avais peur d'entendre la suite.

« Alors le supérieur m'a dit : "Il y a bien des façons de servir le Seigneur. Si vous pensez que c'est là votre destinée, partez à sa poursuite. Seul celui qui est heureux peut répandre le bonheur autour de lui.

« — Je ne sais pas si c'est là ma destinée, lui ai-je répondu. J'ai trouvé la paix de mon

130

cœur quand j'ai décidé d'entrer dans ce monastère.

« — Alors, allez là-bas et dissipez tous vos doutes, a-t-il dit. Demeurez dans le monde ou revenez au séminaire. Mais vous devez être tout entier là où vous aurez choisi d'être. Un royaume divisé ne résiste pas aux attaques de l'ennemi. Un être humain divisé ne réussit pas à affronter dignement la vie." »

Il a plongé la main dans sa poche et en a sorti quelque chose qu'il m'a montré. C'était une clé.

« Le supérieur m'a prêté la clé de cette maison. Il m'a conseillé d'attendre un peu avant de mettre les objets en vente. Je sais qu'il voulait que je retourne là-bas avec toi. C'est lui qui a organisé cette conférence à Madrid, pour que nous puissions nous rencontrer de nouveau. »

J'ai regardé la clé dans sa main et j'ai seulement souri. Dans mon for intérieur, pourtant, c'était comme si les cloches se mettaient à carillonner et que le ciel s'ouvrît. Il servirait Dieu d'une autre façon, à mes côtés. Car j'allais me battre pour cela.

« Prends cette clé », a-t-il dit.

J'ai tendu la main, et j'ai mis la clé dans ma poche.

Maintenant, la basilique se trouvait juste devant nous. Avant que j'aie pu dire quoi que ce soit, une personne l'a vu, est venue le saluer. La pluie tombait dru, et j'ignorais combien de temps nous allions rester là. A tout instant, je me rappelais que je n'avais pas de vêtements de rechange et que je ne pouvais pas rester trempée.

J'ai essayé de me concentrer sur cette idée. Je ne voulais pas penser à la maison, à ces choses suspendues entre ciel et terre, dans l'attente de la main du destin.

Il m'a appelée et m'a présentée à quelques personnes. Celles-ci ont demandé où nous étions logés et, quand il a parlé de Saint-Savin, quelqu'un a dit qu'un saint ermite était enterré là. Il avait découvert, paraît-il, le puits situé au milieu de la place. A l'origine, on avait voulu créer un refuge pour les religieux qui abandonnaient l'existence des villes et s'en allaient dans les montagnes à la recherche de Dieu.

« Ils sont toujours là », a dit un autre.

Je ne savais pas si cette histoire était vraie, et pas davantage l'identité de ces gens qui « étaient toujours là ».

D'autres personnes arrivaient peu à peu, et tout le groupe se dirigea vers l'entrée de la grotte ; un homme plus âgé essaya de me dire quelque chose en français. Voyant que j'avais beaucoup de mal à le comprendre, il est passé à un espagnol hésitant :

« Vous êtes avec un être tout à fait extraordinaire. Un homme qui fait des miracles. »

Je n'ai rien répondu, mais j'ai repensé à la nuit à Bilbao, quand un homme désespéré était venu le chercher. Il ne m'avait pas raconté où il était allé, et cela ne m'intéressait pas. Mes pensées étaient concentrées sur une maison dont je savais exactement à quoi elle ressemblait. Quels étaient les livres, les disques, le paysage, la décoration.

Quelque part dans le monde, une maison attendait notre venue, un jour ou l'autre. Une maison où je guetterais le retour de l'école d'une petite fille ou d'un petit garçon porteurs de joie et de désordre.

Le groupe a cheminé en silence, sous la pluie, et nous sommes arrivés au local des apparitions. C'était exactement comme je l'avais imaginé : la grotte, la statue de Notre-Dame, et une fontaine — protégée par une vitre — à l'endroit où avait eu lieu le miracle de l'eau. Quelques pèlerins étaient en prière, d'autres assis à l'intérieur de la grotte, silencieux, les yeux clos. Une rivière coulait devant la grotte, et le bruissement de ses eaux m'apaisa. En voyant la statue, j'ai fait une courte prière ; j'ai demandé à la Vierge de m'aider, parce que mon cœur n'avait pas envie de souffrir davantage.

« Si la douleur doit venir, qu'elle vienne vite, ai-je demandé. Parce que ma vie est devant moi et que je dois en faire le meilleur usage possible. S'il a un choix à faire, qu'il le fasse tout de suite. Alors je l'attendrai. Ou je l'oublierai. Attendre fait mal. Oublier fait mal. Mais ne pas savoir quelle décision prendre est la pire des souffrances. »

Au plus profond de mon cœur, j'ai senti qu'elle avait entendu ce que je lui demandais.

Mercredi 8 décembre 1993

Quand minuit a sonné à l'horloge de la basilique, le groupe qui nous entourait avait grossi assez considérablement. Nous étions près de cent personnes ; parmi elles, un certain nombre de prêtres et de religieuses, immobiles sous la pluie, les yeux fixés sur la statue de la Vierge.

« Notre-Dame de l'Immaculée Conception, je vous salue, a dit quelqu'un près de moi, dès que le carillon s'est tu.

— Je vous salue », ont répondu tous les autres.

Une salve d'applaudissements a suivi.

Aussitôt, un agent de police s'est approché, pour nous demander de ne pas faire de bruit. Nous dérangions les autres pèlerins.

« Nous venons de loin, a dit l'un des membres de notre groupe.

— Eux aussi », a rétorqué le policier, en montrant des fidèles qui priaient sous la pluie. « Et ils prient en silence. »

135

J'aurais souhaité que ce policier mît fin à la rencontre. Je voulais me retrouver seule avec lui, loin de là, tenant ses mains dans les miennes et lui disant ce que je ressentais. Nous avions besoin de nous entretenir de la maison, d'élaborer des plans, de parler d'amour. J'avais besoin de le rassurer, de mieux lui montrer ma tendresse, de lui dire qu'il pourrait réaliser son rêve, parce que je serais à ses côtés pour l'aider.

L'agent de police s'est bientôt éloigné, et l'un des prêtres s'est mis à réciter le chapelet à voix basse. Quand nous sommes arrivés au Credo, qui clôt la série des prières, tout le monde s'est tu, en gardant les yeux fermés.

«Qui sont ces gens? ai-je demandé.

— Des charismatiques.»

J'avais déjà entendu le mot, sans savoir au juste ce qu'il signifiait. Il s'en est rendu compte.

«Ce sont ceux qui acceptent de recevoir le feu du Saint-Esprit. Le feu que Jésus a laissé, auquel peu de gens ont allumé leur propre flamme. Ils sont proches de la vérité originelle du christianisme, au temps où tous pouvaient opérer des miracles. Ce sont des êtres guidés par la Dame vêtue de soleil», a-t-il ajouté, montrant la Vierge des yeux.

Le groupe s'est alors mis à chanter tout bas, comme un chœur dirigé par une main invisible.

136

«Tu as froid, tu grelottes. Tu n'es pas obligée de participer.

— Toi, tu restes?

— Oui. C'est ma vie.

— Alors, je veux participer.» J'aurais cependant préféré être loin de là. «Si c'est là ton univers, je veux apprendre à en faire partie.»

Le groupe chantait toujours. J'ai fermé les yeux, et j'ai tenté de suivre les paroles, malgré mon français incertain. Je répétais les mots sans en comprendre le sens, d'après le son. Mais cela m'aidait à faire passer le temps plus vite. Tout allait bientôt finir. Nous pourrions alors retourner à Saint-Savin, seuls tous les deux.

J'ai donc continué à chanter machinalement. Peu à peu, je me suis aperçue que la musique s'emparait de moi, comme si elle avait eu sa vie propre et avait été capable de m'hypnotiser. La sensation de froid s'estompait et je ne me souciais plus de la pluie, ni du fait que je n'avais pas de vêtements de rechange. La musique me faisait du bien, mettait en joie mon esprit, me transportait en un temps où Dieu était plus proche, et m'aidait.

Alors que j'étais sur le point de m'abandonner presque complètement, la musique a cessé.

J'ai ouvert les yeux. Un religieux s'adressait à l'un des prêtres du groupe. Après une

137

brève conversation à voix basse, il s'est éloigné.

Le prêtre s'est tourné vers nous :

« Nous allons faire nos oraisons de l'autre côté de la rivière. »

En silence, nous nous sommes dirigés vers l'endroit indiqué. Nous avons traversé le pont qui se trouve presque en face de la grotte et nous sommes passés sur l'autre rive. L'endroit était plus beau : des arbres, une grande prairie, et la rivière. De là, nous pouvions voir nettement la statue éclairée et nos voix s'élevaient plus librement. Nous n'avions plus l'impression désagréable de gêner la prière des autres. Les gens se sont mis à chanter plus fort, ils ont levé le visage vers le ciel et souri, tandis que les gouttes de pluie ruisselaient sur leurs joues. Quelqu'un a levé les bras et, la minute suivante, tous avaient les bras dressés et se balançaient d'un pied sur l'autre au rythme de la musique.

J'essayais de toutes mes forces de me laisser aller — mais en même temps je voulais observer ce qu'ils faisaient. Un prêtre, à côté de moi, chantait en espagnol et j'ai essayé de répéter ses paroles. C'étaient des invocations à l'Esprit-Saint, à la Vierge — pour leur demander d'être présents et de répandre leurs bénédictions et leurs pouvoirs sur chacun de nous.

« Que le don des langues descende sur nous », a dit un autre prêtre. Il a répété la même phrase en espagnol, en italien et en français.

Je n'ai pas bien compris ce qui s'est passé ensuite. Chacun s'est mis à parler une langue qui n'appartenait à aucun idiome connu. C'était un brouhaha plutôt qu'une langue, et les mots semblaient venir directement de l'âme, sans signification. Je me suis très vite souvenue de notre conversation dans l'église, quand il m'avait parlé de la révélation, et dit que tout le savoir consistait à écouter son âme.

« Peut-être est-ce là le langage des anges », me suis-je dit, en m'efforçant d'imiter ce qu'ils faisaient, et en me sentant ridicule.

Tous regardaient vers la Vierge, de l'autre côté du gave, et semblaient en extase. Je l'ai cherché des yeux, et j'ai vu qu'il se tenait à quelque distance de moi. Il avait les mains levées vers le ciel et lui aussi prononçait des mots de façon précipitée ; on aurait dit qu'il parlait avec elle. Il souriait, approuvait, avait parfois une expression de surprise.

« C'est là son monde à lui », ai-je pensé.

Tout cela commençait à m'effrayer. L'homme que j'aurais voulu à mes côtés affirmait que Dieu était également femme, il parlait des langues incompréhensibles, entrait en transe, semblait proche des anges. La maison dans la montagne me paraissait moins réelle, comme si elle faisait partie d'un monde qu'il avait déjà quitté.

Tous ces jours passés — depuis la conférence à Madrid — me semblaient appartenir à un songe, être un voyage hors du temps et de l'espace de mon existence. Et pourtant, le songe avait le goût du monde, une saveur de roman, de nouvelles aventures. En dépit de toutes mes résistances, je savais bien que l'amour enflamme facilement le cœur d'une femme, que c'était seulement une question de temps pour que j'en arrive à laisser le vent souffler et l'eau emporter le barrage. J'avais beau n'en avoir eu aucune envie au début, j'avais déjà aimé, et je m'imaginais savoir comment faire face à pareille situation. Mais là, quelque chose m'échappait. Ce n'était pas le catholicisme que l'on m'avait enseigné au collège. Et ce n'était pas ainsi que je voyais l'homme de ma vie.

« L'homme de ma vie... C'est drôle ! » me suis-je dit, surprise de ces mots qui m'étaient venus à l'esprit.

Devant cette rivière et cette grotte, j'ai ressenti de la peur et de la jalousie. De la peur parce que tout cela était nouveau pour moi, et que la nouveauté m'effraie toujours un peu. De la jalousie parce que, petit à petit, je comprenais que son amour était plus grand que je ne le croyais, s'étendait sur des espaces où je n'avais jamais pénétré.

« Pardonnez-moi, Sainte Vierge, ai-je dit. Pardonnez-moi si je me montre mesquine,

140

médiocre, si je veux garder pour moi l'exclusivité de l'amour de cet homme. »

Et si sa vocation était réellement de sortir du monde, de s'enfermer au séminaire et de converser avec les anges ? Combien de temps pourrait-il résister avant d'abandonner la maison, les disques et les livres, pour retourner à son vrai chemin ? Ou bien, même s'il ne devait jamais revenir au séminaire, quel serait pour moi le prix à payer pour le tenir éloigné de son vrai rêve ?

Tous semblaient concentrés sur ce qu'ils faisaient, sauf moi. J'avais les yeux fixés sur lui, il parlait la langue des anges.

Puis la peur et la jalousie ont fait place à un sentiment de solitude. Les anges pouvaient communiquer avec quelqu'un, et moi j'étais seule.

Je ne sais ce qui m'a poussée à tenter moi aussi de parler cette langue étrange. Peut-être cette impérieuse nécessité de le rejoindre, d'exprimer ce que j'éprouvais. Peut-être avais-je besoin de laisser mon âme s'épancher — mon cœur était plein d'interrogations et voulait à tout prix des réponses.

Je ne savais pas au juste quoi faire ; le sentiment du ridicule était très fort. Mais il y avait là des hommes et des femmes de tous âges, des prêtres et des laïcs, des novices, des sœurs, des étudiants, des personnes âgées. Cela m'a donné du courage, et j'ai

141

demandé au Saint-Esprit de m'aider à surmonter la barrière de la peur.

« Essaie, me suis-je dit. Il suffit d'ouvrir la bouche et d'oser dire des choses que tu ne comprends pas. Essaie. »

Je me suis décidée. Mais, auparavant, j'ai demandé que cette nuit soit une épiphanie, un nouveau commencement pour moi.

Il m'a semblé que Dieu m'avait entendue. Les mots sont venus plus librement. La honte s'est effacée, la confiance a grandi, ma langue s'est déliée progressivement. Sans rien comprendre à ce que je disais, je tenais pourtant un discours qui avait un sens pour mon âme.

Le simple fait d'avoir eu assez de courage pour énoncer des paroles privées de sens m'a plongée dans l'euphorie. J'étais libre, je n'avais pas besoin de chercher à expliquer mes actes. Et cette liberté m'emmenait jusqu'au ciel — où un plus grand amour, qui pardonne tout et jamais ne se sent délaissé, accueillait mon retour.

« Il me semble que je retrouve la foi », me disais-je, surprise de tous les miracles que peut accomplir l'amour. Je sentais la Vierge auprès de moi, qui me tenait dans ses bras, me couvrait et me réchauffait de son manteau. Les mots étranges sortaient de plus en plus vite de ma bouche.

Je me suis mise à pleurer sans m'en rendre compte. La joie envahissait mon cœur, m'inondait. Elle était plus forte que les peurs,

142

que mes pauvres certitudes, que mes tentatives de contrôler chaque seconde de mon existence. Je savais que ces larmes étaient un don, parce que les sœurs, au collège, m'avaient appris que les saints pleuraient quand ils étaient en extase. J'ai ouvert les yeux, contemplé l'obscurité du ciel, et j'ai senti mes larmes se mêler à la pluie. La terre était vivante, l'eau qui tombait renouvelait le miracle du plus haut des cieux. Et nous faisions partie de ce miracle.

« Dieu peut donc être femme », ai-je dit tout bas, pendant que les autres chantaient. « C'est bien. S'il en est ainsi, c'est Sa face féminine qui nous a appris à aimer. »

« Nous allons prier ensemble par groupes de huit » a dit le prêtre, en espagnol, en italien et en français.

Quelqu'un s'est approché de moi et a passé son bras par-dessus mon épaule. Une autre personne en a fait autant de l'autre côté. Nous avons ainsi formé un cercle de huit personnes enlacées. Puis nous nous sommes penchés en avant, et nos têtes se sont touchées. La position dans laquelle nous étions concentrait toutes nos énergies, toute notre chaleur.

« Que l'Immaculée Conception aide mon fils et fasse qu'il trouve sa voie », a dit l'homme qui avait passé son bras sur mon

143

épaule droite. «Je vous demande de dire un Ave pour mon fils.

— Amen», ont répondu tous les autres. Et les huit personnes ont récité l'Ave Maria.

Chacun exprimait un souhait, et tous y prenaient part en priant. Je me surprenais moi-même, car je priais comme une enfant, et, comme une enfant, je croyais fermement que ces grâces seraient obtenues.

Le groupe a gardé le silence pendant une fraction de seconde. J'ai compris que mon tour était venu de demander quelque chose. En toute autre circonstance, je serais morte de honte. Mais il y avait une présence, et cette présence me donnait confiance.

J'ai dit : «Que l'Immaculée Conception m'enseigne à aimer comme elle. Que cet amour me grandisse et grandisse l'homme à qui il est dédié. Disons un Ave Maria.»

Nous avons prié tous ensemble et j'ai de nouveau éprouvé une sensation de liberté. Des années durant, j'avais lutté contre mon cœur parce que j'avais peur de la tristesse, de la souffrance, de l'abandon. J'avais toujours su que le véritable amour était au-dessus de tout cela et qu'il valait mieux mourir que de ne pas aimer. Mais je pensais que seuls les autres avaient du courage. Et maintenant, en cet instant, je découvrais que j'en étais moi aussi capable. Même s'il signifiait séparation, solitude, tristesse, l'amour valait bien le moindre centime de son prix.

144

«Il faut que j'arrête de penser à ces choses, je dois me concentrer sur le rituel. »

Le prêtre demanda aux groupes de se disperser et de prier pour les malades. De temps à autre, tous recommençaient à parler des langues étranges et à balancer leurs bras dressés vers le ciel.

«Quelqu'un est ici, dont la belle-fille est malade ; que cette personne sache que sa belle-fille est en ce moment même sur la voie de la guérison », a dit une femme.

Les oraisons reprenaient, et avec elles les chants et la joie.

Plus tard, il m'a expliqué que c'était là le don de prophétie, que certaines personnes étaient capables de pressentir ce qui se passait en un lieu éloigné, ou ce qui allait bientôt se produire.

Mais quand bien même je ne l'aurais jamais su, je croyais à la force de cette voix qui parlait de miracles. J'espérais qu'à un moment elle ferait allusion à l'amour de deux personnes présentes dans l'assistance. J'espérais, oui, j'espérais l'entendre proclamer que cet amour était béni par tous les anges, tous les saints, par Dieu et par la Déesse.

J'ignore combien de temps a duré ce rituel de chants, de danses, de bras levés vers le ciel, de prières implorant des miracles, et d'actions de grâces. Subitement, le prêtre qui dirigeait la cérémonie a dit : « Maintenant nous allons chanter et prier pour toutes les personnes qui ont participé à ce renouvellement charismatique pour la première fois. »

Ainsi, je ne devais pas être la seule. Cela m'a rassurée.

Toute l'assistance a chanté une oraison. Cette fois, j'ai simplement écouté, en demandant que les grâces descendent sur moi. J'en avais grand besoin.

« Nous allons recevoir la bénédiction », a dit le prêtre.

Tout le monde s'est tourné vers la grotte illuminée, sur l'autre rive du gave. Le prêtre a prononcé plusieurs prières et nous a bénis. Alors, tous se sont embrassés et se sont souhaité mutuellement un « joyeux jour de l'Immaculée Conception », et chacun s'en est allé de son côté.

Il s'est approché. Il avait un air plus gai qu'à l'habitude.

«Tu es trempée.

— Toi aussi», ai-je répondu en riant.

Nous avons pris la voiture et sommes retournés à Saint-Savin.

J'avais attendu ce moment avec impatience — mais maintenant je ne savais plus que dire. Je n'arrivais pas à parler de la maison dans la montagne, ni du rituel, des livres et des disques, des langues étranges ni des prières par groupes.

Il vivait dans deux mondes. Quelque part dans le temps, ces deux mondes se fondaient en un seul, et il me fallait découvrir de quelle manière.

Mais les mots, en l'occurrence, ne servaient à rien. L'amour se découvre dans l'acte d'aimer.

«Il ne me reste plus qu'un pull», a-t-il dit quand nous sommes arrivés à la chambre. «Prends-le. J'en achèterai un autre pour moi.

— On va mettre les vêtements sur le radiateur. Demain, ils seront secs. De toute façon, j'ai encore le chemisier que j'ai lavé hier.»

Pendant quelques instants, nous nous sommes tus.

Vêtements. Nue. Froid.

Finalement, il a sorti de sa petite valise un autre tee-shirt.

«Tiens, ça doit t'aller, pour dormir.

— Bien sûr.»

J'ai éteint. Dans l'obscurité, j'ai enlevé mes vêtements mouillés, les ai étendus sur le radiateur, et j'ai tourné le bouton sur le maximum.

La clarté du réverbère, dehors, suffisait pour qu'il pût distinguer ma silhouette et voir que j'étais nue. J'ai passé le tee-shirt et me suis glissée sous les couvertures de mon lit.

«Je t'aime, l'ai-je entendu dire.

— J'apprends à t'aimer», ai-je répondu. Il a allumé une cigarette.

«Tu crois que le bon moment va arriver?»

Je savais ce qu'il voulait dire. Je me suis levée et suis allée m'asseoir sur le bord de son lit.

Le bout de sa cigarette éclairait son visage de temps à autre. Il a pris ma main, et nous sommes restés ainsi quelques instants. J'ai caressé ses cheveux.

«Tu n'aurais pas dû poser la question. L'amour ne pose pas beaucoup de questions, parce que, si nous commençons à réfléchir, nous commençons à avoir peur. C'est une peur inexplicable, il ne sert à rien de vouloir l'exprimer par des mots. Ce peut être la peur d'être méprisée, de n'être pas acceptée, de rompre le charme. Cela peut paraître ridicule, mais c'est comme ça. C'est pourquoi on ne pose pas de questions, on agit. Comme tu l'as dit toi-même tant de fois, on court le risque.

— Je sais. Je n'avais encore jamais demandé.

— Tu as déjà mon cœur», ai-je répondu, en feignant de n'avoir pas entendu ce qu'il avait dit. «Demain, tu peux partir, et nous garderons toujours en mémoire le miracle des jours que nous sommes en train de vivre, l'amour romantique, la possibilité, le rêve. Mais je crois que Dieu, dans son infinie sagesse, a caché l'enfer au milieu du paradis. Afin que nous restions toujours en éveil. Afin de ne pas nous laisser oublier la colonne de la rigueur tandis que nous vivons la joie de la miséricorde. »

La pression de ses mains s'est faite plus forte sur mes cheveux.

« Tu apprends vite », a-t-il murmuré.

J'étais étonnée de ce que j'avais dit. Mais si l'on admet que l'on sait, on finit par savoir effectivement.

« Ne va pas t'imaginer que je suis inaccessible. Il y a déjà eu beaucoup d'hommes dans ma vie. J'ai déjà fait l'amour avec des gens que je connaissais à peine.

— Moi aussi », a-t-il répondu.

J'essayais d'être naturelle mais, à la façon dont il touchait ma tête, j'ai compris que mes paroles avaient été difficiles à entendre.

« Et pourtant, depuis ce matin, ma virginité, mystérieusement, s'est refaite. N'essaie pas de comprendre, seule une femme peut savoir de quoi je parle. Je suis en train de redécouvrir l'amour. Et cela prend du temps. »

Il a lâché mes cheveux et touché mon visage. Je l'ai embrassé doucement sur les lèvres et suis retournée dans mon lit.

Je ne comprenais pas pourquoi j'avais agi de cette façon. Je ne savais pas si je faisais cela pour l'attacher plus encore ou pour le laisser libre. Mais la journée avait été longue. J'étais trop fatiguée pour penser.

J'ai passé une nuit infiniment calme. A un moment, j'ai cru que j'étais éveillée. Une présence féminine me prenait par les épaules, et il me semblait la connaître depuis toujours : je me sentais protégée, aimée.

Je me suis réveillée à sept heures du matin, dans une chaleur étouffante. J'avais mis le radiateur au maximum, pour sécher nos vêtements. Il faisait encore sombre et j'ai essayé de me lever sans faire de bruit, pour ne pas le déranger.

Sitôt levée, je me suis aperçue qu'il n'était pas là. J'ai commencé à m'affoler. L'Autre est immédiatement revenue, pour me dire : « Tu vois ? Il a suffi que tu acquiesces, et le voilà parti. Comme tous les hommes. »

La panique augmentait de minute en minute. Il ne fallait pas perdre la tête. Mais l'Autre n'arrêtait pas de parler : « Je suis encore là. Tu as laissé le vent changer de direction, tu as ouvert la porte, et maintenant l'amour envahit ton existence. En faisant vite, nous pouvons encore contrôler la situation. »

Je devais agir concrètement. Prendre des dispositions.

« Il est parti, disait encore l'Autre. Il faut que tu quittes ce trou du bout du monde. Ta vie à Saragosse est toujours assurée : retourne là-bas sans tarder. Avant de perdre ce que tu as réussi à obtenir au prix de tant d'efforts. »

J'ai pensé : « Il doit avoir ses raisons. »

« Les hommes ont toujours leurs raisons, a répondu l'Autre. Mais le fait est qu'ils finissent toujours par abandonner les femmes. »

« Bon. Je dois trouver un moyen de rentrer en Espagne. » Il faut bien s'occuper l'esprit.

« Voyons d'abord le côté pratique : l'argent », disait l'Autre.

Je n'avais pas un sou sur moi. Il fallait descendre, appeler mes parents au téléphone en PCV et attendre qu'ils m'envoient de quoi payer mon voyage de retour.

« Mais c'est férié, aujourd'hui : l'argent n'arrivera que demain. Comment faire, pour manger ? Comment expliquer à mes logeurs qu'il leur faudra attendre deux jours avant que je puisse les payer ? »

« Mieux vaut ne rien dire », a répondu l'Autre. Evidemment, elle avait de l'expérience, savait faire face à des situations comme celle-ci. Ce n'était pas une gamine

152

amoureuse qui perdait la tête, mais une femme qui avait toujours su ce qu'elle voulait. Je devais rester sur place, comme si rien ne s'était passé, comme s'il allait revenir. Et, quand l'argent arriverait, je réglerais ce que je devais et je m'en irais.

« Parfait, a dit l'Autre. Tu redeviens ce que tu étais. Ne sois pas triste : un jour tu rencontreras quelqu'un. Un homme que tu pourras aimer sans courir de risques. »

Je suis allée prendre mes vêtements sur le radiateur. Ils étaient secs. Il fallait demander où je pourrais trouver une banque, dans ces petits bourgs, téléphoner. Pendant que je penserais à tout cela, je n'aurais pas le temps de pleurer ou de soupirer.

Et c'est alors que j'ai remarqué le mot qu'il avait laissé :

Je suis allé au séminaire. Prépare tes affaires, nous rentrerons ce soir en Espagne. Je serai de retour en fin d'après-midi.

Il complétait en disant : *Je t'aime.*

J'ai serré le billet contre ma poitrine et je me suis sentie à la fois malheureuse et soulagée. J'ai vu que l'Autre se repliait sur elle-même, surprise de la découverte.

Moi aussi, je l'aimais. A chaque minute, à chaque seconde, cet amour grandissait et me transformait. J'avais repris confiance en l'avenir et, peu à peu, je reprenais confiance et foi en Dieu.

Tout cela à cause de l'amour.

«Je ne veux plus avoir affaire à mes propres ténèbres, me suis-je promis à moi-même, fermant définitivement la porte au nez de l'Autre. Une chute du troisième étage fait tout autant de dégâts qu'une chute du centième étage.»

Si je dois tomber, qu'au moins je tombe de très haut.

«Vous n'allez pas encore sortir sans rien prendre! m'a dit la logeuse.

— Je ne savais pas que vous parliez espagnol, ai-je répondu, surprise.

— La frontière n'est pas loin. En été, les touristes viennent à Lourdes. Si je ne parlais pas espagnol, je ne pourrais pas louer mes chambres.»

Elle a préparé des tartines de pain grillé et du café au lait. Je me suis mise dans l'état d'esprit voulu pour affronter cette journée; chaque heure durerait une année. J'espérais que ce petit déjeuner allait me distraire un peu.

«Depuis combien de temps êtes-vous mariés? a-t-elle demandé.

— Il a été mon premier amour.»

Et cela suffisait.

«Vous voyez ces pics, là-bas? a-t-elle poursuivi. Moi, mon premier amour est mort dans l'un de ces massifs.

— Mais vous avez rencontré quelqu'un, après.

— Oui, c'est vrai. Et j'ai encore pu être heureuse. C'est curieux, le destin : presque personne, parmi les gens que je connais, n'a épousé le premier amour de sa vie. Ceux qui se sont mariés me disent toujours qu'ils ont perdu quelque chose d'important, qu'ils n'ont pas vécu tout ce qu'ils auraient dû vivre. »

Elle s'est brusquement interrompue.

« Excusez-moi. Je ne voulais pas vous blesser.

— Vous ne m'avez pas blessée.

— Je regarde souvent ce puits, là-dehors. Et je me dis : auparavant, personne ne savait où était l'eau, jusqu'au jour où saint Savin a décidé de creuser, et a trouvé. S'il ne l'avait pas fait, le village se situerait là en bas, près de la rivière.

— Quel rapport cela a-t-il avec l'amour ?

— Ce puits a attiré les gens, avec leurs espoirs, leurs rêves, leurs conflits. Quelqu'un s'est avisé de chercher l'eau, celle-ci a révélé sa présence et l'endroit est devenu un pôle d'attraction pour tous. Je pense que, si l'on cherche l'amour courageusement, il révèle sa présence ; et, dès lors, on attire davantage d'amour. Si quelqu'un est bien disposé à notre égard, tout le monde l'est aussi. Mais, si l'on est seul, on le devient davantage encore. Etrange, la vie.

156

— Avez-vous déjà entendu parler d'un livre intitulé *I-Ching* ? ai-je demandé.

— Non, jamais.

— On y lit qu'il est possible de transformer une cité, mais que l'on ne peut changer un puits de place. Ceux qui s'aiment se rencontrent, étanchent leur soif, bâtissent leur maison, élèvent leurs enfants autour du puits. Mais si l'un d'eux décide de partir, le puits ne peut pas le suivre. L'amour reste là, abandonné, mais toujours avec la même eau pure.

— Vous parlez comme une femme âgée qui aurait beaucoup souffert, mon enfant.

— Non. J'ai toujours eu peur. Je n'ai jamais creusé le puits. Je le fais maintenant, et je ne veux pas oublier les risques. »

J'ai senti soudain que quelque chose dans ma poche me gênait. Quand j'ai compris ce que c'était, mon cœur s'est glacé. J'ai fini mon café en toute hâte.

La clé. J'avais la clé.

« Y avait-il ici, au village, une femme qui, à sa mort, a laissé tout ce qu'elle possédait au séminaire de Tarbes ? ai-je demandé. Et savez-vous où se trouve sa maison ? »

Elle a ouvert la porte et m'a montré. C'était l'une des vieilles maisons médiévales de la petite place, dont l'arrière donnait sur la vallée et les montagnes.

« Deux religieux sont venus ici il y a près de deux mois, a-t-elle dit. Et... »

Elle m'a regardée d'un air perplexe.

«... Et l'un des deux ressemblait à votre mari, a-t-elle ajouté, au bout d'un long moment.

— C'était lui», ai-je répliqué en partant, contente d'avoir laissé l'enfant qui vivait en moi se livrer à une espièglerie.

Immobile devant la maison, je ne savais que faire. Le brouillard enveloppait tout, et moi, j'avais l'impression de me trouver dans un rêve gris, où apparaissent d'étranges silhouettes qui nous emmènent dans des lieux plus étranges encore.

Mes doigts palpaient nerveusement la clé.

Avec toute cette brume, il devait être impossible de distinguer les montagnes à travers la fenêtre. La maison serait sombre, sans soleil sur les rideaux. La maison serait triste, sans sa présence auprès de moi.

J'ai regardé ma montre. Neuf heures du matin. J'avais besoin de faire quelque chose, n'importe quoi, pour m'aider à passer le temps, à attendre.

Attendre. C'est la première leçon que j'ai apprise sur l'amour. La journée se traîne, on fait des milliers de projets, on imagine toutes les conversations possibles, on se promet de changer de comportement — et on est là, anxieuse, anxieuse, jusqu'à l'arrivée de celui qu'on aime.

A ce moment-là, on ne sait plus quoi dire. Ces heures d'attente se sont transformées en tension, la tension est devenue peur, et la peur fait qu'on a honte de montrer ses sentiments.

«Je ne sais pas si je dois entrer.» Je me suis souvenue de notre conversation de la veille — cette maison était le symbole d'un rêve. Mais je ne pouvais pas non plus rester là toute la journée sans rien faire. J'ai pris sur moi, sorti la clé de ma poche, et avancé vers la porte.

«Pilar!»

La voix, avec un accent français bien marqué, venait du brouillard. Je me suis sentie moins effrayée que surprise. Ce pouvait être le propriétaire de la maison où nous avions loué la chambre, mais je ne me rappelais pas lui avoir dit mon nom.

«Pilar!» A nouveau, plus près cette fois.

Quelqu'un s'approchait à pas rapides. Le cauchemar des brumes, avec ses formes étranges, était en train de se transformer en réalité.

«Attendez… a dit la voix. Je voudrais vous parler.»

Lorsqu'il est arrivé près de moi, j'ai vu que c'était un religieux. Il ressemblait tout à fait aux caricatures des curés de campagne :

160

petit, rondouillard, quelques cheveux blancs disséminés sur un crâne presque chauve.

«Bonjour!» a-t-il dit, en me tendant la main, avec un large sourire.

J'ai répondu à son salut, interdite.

«Dommage que le brouillard recouvre tout, a-t-il remarqué, en regardant la maison. Saint-Savin est dans la montagne, et le panorama est magnifique, de cette maison. Par les fenêtres, on aperçoit la vallée là-bas en bas, et les pics couverts de glace tout là-haut. Vous devez déjà le savoir.»

J'ai tout de suite compris : c'était le supérieur du monastère.

«Que faites-vous ici? ai-je demandé. Et comment savez-vous mon nom?»

Il a esquivé, et demandé à son tour :

«Vous voulez entrer?

— Non. Je voudrais que vous répondiez à mes questions.»

Il s'est frotté les mains, pour les réchauffer un peu, et s'est assis sur le trottoir. Je me suis assise à côté de lui. Le brouillard ne cessait de s'épaissir; il cachait maintenant l'église, qui n'était pourtant qu'à une vingtaine de mètres de nous. Tout ce que nous parvenions à distinguer, c'était le puits. Je me suis rappelé ce qu'avait dit la femme.

«Elle est là, ai-je dit.

— Qui cela?

— La Déesse. Elle est cette brume qui nous entoure.

— Alors, il vous a donc parlé de ça ! s'est-il exclamé en riant. Bon, je préfère l'appeler la Sainte Vierge. Question d'habitude.

— Que faites-vous ici ? Et comment savez-vous mon nom ? ai-je à nouveau demandé.

— Je suis venu parce que je voulais vous voir tous les deux. Quelqu'un du groupe charismatique, hier soir, m'a appris que vous logiez à Saint-Savin. Et c'est une toute petite localité.

— Il est allé jusqu'au séminaire. »

Le père a cessé de sourire et a hoché la tête.

« Je suis désolé, a-t-il murmuré, comme s'il se parlait à lui-même.

— Désolé qu'il soit allé faire une visite au séminaire ?

— Non, il n'est pas là-bas. J'en viens. »

Il est resté silencieux quelques minutes. Je me suis rappelé à nouveau les préoccupations que j'avais eues au réveil : l'argent, les dispositions à prendre, le coup de téléphone à mes parents, le billet de retour. Mais j'avais fait un serment, et j'allais tenir ma promesse.

C'était un homme d'Eglise qui se trouvait auprès de moi. Enfant, on m'avait appris à tout raconter aux curés.

« Je suis épuisée, ai-je dit pour rompre le silence. Il y a moins d'une semaine, je savais qui j'étais et ce que je voulais de la vie. Maintenant, on dirait que je suis entrée au cœur

162

d'une tempête qui me jette d'un côté à l'autre sans que je puisse rien faire.

— Résistez. C'est important. »

Cette réflexion m'a étonnée.

« N'ayez pas peur, a-t-il repris, comme s'il devinait mes pensées. Je sais que l'Eglise manque de prêtres, et il en ferait un excellent. Mais le prix qu'il aura à payer est très élevé.

— Où est-il? Il m'a quittée et s'en est retourné en Espagne?

— En Espagne? Il n'a rien à faire en Espagne. Sa maison, c'est le monastère, qui est seulement à quelques kilomètres d'ici. Mais il n'y est pas. Et je sais où je peux le trouver. »

Ces mots m'ont redonné un peu de courage et d'allégresse. Du moins n'était-il pas parti.

Mais l'abbé, maintenant, ne souriait plus du tout.

« Ne vous réjouissez pas trop, a-t-il repris, devinant à nouveau ce qui se passait en moi. Il aurait mieux valu qu'il soit retourné en Espagne. »

Il s'est levé et m'a demandé de l'accompagner. La visibilité ne dépassait pas quelques mètres, mais il semblait savoir où il allait. Nous sommes sortis de Saint-Savin par la même route où, l'avant-veille au soir (ou bien était-ce des années plus tôt?), j'avais entendu l'histoire de Bernadette.

« Où allons-nous ? ai-je demandé.

— Nous allons le chercher. »

Tandis que nous marchions, je lui ai dit :

« Mon père, il y a une chose que je ne comprends pas bien : il m'a semblé que vous aviez l'air triste quand j'ai dit qu'il n'était pas ici.

— Que savez-vous de la vie religieuse, mon enfant ?

— Bien peu de chose. Que les prêtres font vœu de pauvreté, de chasteté et d'obéissance. »

Je me suis demandé si je devais continuer ou non, mais j'ai décidé de poursuivre :

« Et encore qu'ils jugent les péchés d'autrui, bien qu'ils commettent ces mêmes péchés. Qu'ils croient tout savoir sur le mariage et sur l'amour, mais qu'ils n'ont jamais été mariés. Qu'ils nous menacent du feu de l'enfer pour des fautes qu'ils ne se privent pas de faire eux-mêmes. Et qu'ils nous présentent Dieu comme un être vengeur, qui rend l'homme responsable de la mort de Son Fils unique. »

Il a ri.

« Vous avez reçu une excellente éducation catholique. Mais je ne vous interrogeais pas sur le catholicisme. Je vous demande ce que vous savez de la vie spirituelle. »

Je suis restée coite.

« Je ne sais pas au juste, ai-je dit finalement. Ce sont des gens qui abandonnent tout et partent à la recherche de Dieu.

— Et qui le trouvent ?

— C'est vous qui avez la réponse. Je n'en ai aucune idée. »

Il s'est aperçu que j'étais essoufflée et a ralenti le pas.

« Votre définition n'est pas juste, a-t-il repris. Celui qui part en quête de Dieu ne fait que perdre son temps. Il peut parcourir bien des chemins, embrasser bien des religions et des sectes — mais, de cette façon-là, il ne rencontrera jamais Dieu. Dieu est ici, maintenant, à nos côtés. Nous pouvons Le voir dans cette brume, sur ce sol, dans ces vêtements, ces chaussures. Ses anges veillent tandis que nous dormons, et nous aident tandis que nous travaillons. Pour rencontrer Dieu, il suffit de regarder autour de nous. Mais cette rencontre n'est pas si facile. A mesure que Dieu nous fait participer à son mystère, nous nous sentons plus désorientés. Car Il nous demande constamment de suivre nos rêves et notre cœur. Et cela est difficile, parce que nous avons l'habitude de vivre d'une manière différente. Alors nous découvrons, avec surprise, que Dieu veut nous voir heureux, parce qu'Il est père.

— Et mère », ai-je ajouté.

Le brouillard commençait à se lever. Je pouvais apercevoir une petite maison de paysans, devant laquelle une femme ramassait du bois de chauffage.

« Et mère, oui. Pour avoir une vie spirituelle, il n'est pas besoin d'entrer au séminaire, de jeûner, de faire abstinence et vœu de chasteté. Il suffit d'avoir la foi et d'accepter Dieu. A partir de là, chacun devient Sa voie, et le véhicule de Ses miracles. »

Je l'ai interrompu :

« Il m'a parlé de vous. Et m'a appris ces mêmes choses.

— J'espère que vous accepterez les dons qu'il possède. Car il n'en va pas toujours ainsi ; c'est ce que nous enseigne l'histoire. En Egypte, Osiris est démembré. Les dieux grecs s'opposent les uns aux autres à cause des mortels. Les Aztèques chassent Quetzalcoatl. Les dieux vikings assistent à l'incendie du Walhalla à cause d'une femme. Et Jésus est mis en croix. Pourquoi cela ? »

Je ne savais que répondre.

« Parce que Dieu vient sur la terre pour nous montrer notre pouvoir. Nous faisons partie de Son rêve, et Il veut que ce rêve soit heureux. Cependant, si nous reconnaissons en notre for intérieur que Dieu nous a créés pour le bonheur, nous devrons admettre que tout ce qui nous conduit à la tristesse et à la défaite est de notre faute. C'est la raison pour laquelle nous en venons toujours à tuer Dieu. Que ce soit sur la croix, dans le feu, dans l'exil, ou dans notre propre cœur.

— Mais ceux qui le comprennent…

— Ceux-là transforment le monde. Au prix d'immenses sacrifices. »

La femme qui transportait ses fagots a vu le père et s'est précipitée vers nous.

« Merci, mon père ! s'est-elle écriée, en lui baisant les mains. Le jeune homme a guéri mon mari.

— C'est la Sainte Vierge qui l'a guéri, a-t-il répondu, pressant le pas. Lui n'est qu'un instrument.

— C'est lui, c'est lui ! Entrez, je vous en prie. »

Aussitôt, je me suis souvenue de la nuit précédente. Alors que nous arrivions à la basilique, un homme m'avait dit : « Vous êtes avec un homme qui fait des miracles ! »

« Nous sommes pressés, a objecté l'abbé.

— Mais non, pas du tout », ai-je dit en français, toute gênée de m'exprimer dans une langue qui n'était pas la mienne. « J'ai froid, je voudrais bien un café. »

La femme m'a pris la main et nous sommes entrés. La maison était confortable, mais sans aucun luxe ; murs de pierre, plancher et plafond en bois. Un homme d'une soixantaine d'années était assis devant un feu de cheminée.

A peine a-t-il vu le père qu'il s'est levé pour lui baiser la main.

« Restez assis, a dit celui-ci. Vous n'êtes pas encore complètement rétabli.

— J'ai déjà repris dix kilos, a répondu le vieux. Mais je ne peux pas encore aider ma femme.

— Ne vous inquiétez pas. D'ici peu, vous vous sentirez encore mieux qu'avant.

— Où est ce garçon ? a demandé l'homme.

— Je l'ai vu passer dans la direction qu'il prend habituellement, a répondu la femme. Mais aujourd'hui il était en voiture. »

L'abbé m'a regardée sans rien dire.

« Donnez-nous votre bénédiction, mon père, a dit alors la femme. Ce pouvoir qu'il a... »

Il l'a interrompue :

« ... celui de la Sainte Vierge.

— ... de la Sainte Vierge, oui, ce pouvoir est aussi le vôtre. C'est vous qui l'avez amené ici. »

Cette fois, il a évité mon regard. La femme a insisté :

« Bénissez mon mari, mon père ; faites une prière pour lui. »

Il a pris une profonde inspiration.

« Mettez-vous debout devant moi », a-t-il dit à l'homme.

Le vieux a obéi. Le père a fermé les yeux et dit un Ave. Puis il a invoqué le Saint-Esprit, en lui demandant de manifester sa présence et de venir en aide à cet homme.

Soudain, son débit s'est accéléré. Je n'arrivais pas à suivre ses paroles, mais cela ressemblait à une prière d'exorcisme. Ses mains

168

touchaient les épaules du vieux et descendaient en glissant sur ses bras, jusqu'à ses doigts. Il a répété ce geste plusieurs fois.

Dans l'âtre, le feu a commencé à pétiller plus fort. Une coïncidence, peut-être, ou bien le prêtre, qui sait? pénétrait dans un espace que j'ignorais, et où il y avait interférence avec les éléments.

La femme et moi sursautions chaque fois qu'une bûche crépitait. Le père n'y prêtait aucune attention; il était absorbé par ce qu'il faisait — instrument de la Vierge, avait-il dit lui-même tout à l'heure. Il employait une langue impossible à identifier. Les mots étaient énoncés à une vitesse surprenante. Ses mains étaient maintenant immobiles, reposant sur les épaules de l'homme qui se tenait en face de lui.

Tout à coup, le rituel s'acheva, aussi soudainement qu'il avait commencé. Le père se retourna et fit les gestes conventionnels de la bénédiction, traçant de la main droite un grand signe de croix.

«Que Dieu soit toujours dans cette maison!» a-t-il dit.

Et, se tournant vers moi, il m'a demandé que nous reprenions notre marche.

«Et le café? a dit la femme, en nous voyant partir.

— Si je bois du café maintenant, je ne dormirai pas», a-t-il répondu.

Elle a ri et murmuré quelque chose

comme : «Mais c'est encore le matin!» Nous étions déjà en chemin, je n'ai pas très bien entendu.

«Cette femme a parlé d'un jeune homme qui a guéri son mari, mon père. C'était lui, n'est-ce pas?

— Oui, c'était lui.»

J'ai commencé à me sentir mal à l'aise. Je me souvenais de la journée de la veille, de Bilbao, de la conférence à Madrid, des gens qui parlaient de miracles, de la présence que j'avais sentie alors que je priais, enlacée aux autres.

J'aimais un homme qui était capable de guérir. Un homme qui pouvait aider son prochain, soulager les souffrances d'autrui, rendre la santé aux malades, l'espoir à leurs proches. Une mission qui ne s'accordait pas avec une maison à rideaux blancs.

«Ne vous culpabilisez pas, ma fille.

— Vous lisez dans mes pensées.

— C'est vrai. Je possède un don, moi aussi, et je cherche à en être digne. La Sainte Vierge m'a enseigné à plonger dans le tourbillon des émotions humaines, pour savoir les diriger de la meilleure façon possible.

— Vous aussi, vous faites des miracles.

— Je ne suis pas capable de guérir. Mais je possède l'un des dons du Saint-Esprit.

— Ainsi, vous pouvez lire dans mon cœur. Et vous savez donc que je l'aime, et que cet amour ne cesse de grandir. Nous avons

170

découvert le monde ensemble, ensemble nous y demeurons. Il a été présent tous les jours de ma vie, qu'on le veuille ou non. »

Qu'aurais-je pu dire à cet homme d'Eglise qui marchait à côté de moi ? Il n'aurait jamais été capable de comprendre que j'avais connu d'autres hommes, que j'avais aimés, et que, si je m'étais mariée, j'aurais été heureuse. Encore enfant, j'avais découvert et perdu l'amour sur une place de Soria. Mais, selon toute apparence, je n'avais rien fait de bon. Il avait suffi de trois jours pour que tout revînt.

« J'ai le droit d'être heureuse, mon père. J'ai retrouvé ce qui était perdu, je ne veux pas le perdre à nouveau. Je vais me battre pour mon bonheur. Si je renonce à ce combat, je renoncerai du même coup à ma vie spirituelle. Comme vous le dites vous-même, ce serait repousser Dieu, mon pouvoir et ma force de femme. Je vais me battre pour le garder. »

Je savais bien ce que ce gros bonhomme faisait là. Il était venu me convaincre de le quitter parce qu'il avait une mission plus importante à accomplir.

Non, je n'étais pas prête à croire que ce religieux qui marchait à côté de moi aurait aimé nous voir mariés et habiter une maison semblable à celle de Saint-Savin. Il disait cela pour me tromper, m'inciter à baisser ma garde, et alors — d'un sourire — me persuader du contraire.

Il a lu dans mes pensées sans rien dire. Peut-être me trompait-il. N'était-il pas capable de deviner ce que pensaient les gens? Le brouillard se dissipait rapidement; je pouvais maintenant distinguer le chemin, le versant de la montagne, les champs et les arbres couverts de neige. Mes émotions aussi devenaient moins confuses.

Au diable! Si c'était vrai, si ce religieux était réellement capable de lire dans les pensées, eh bien qu'il lise, et qu'il sache tout! Qu'il sache qu'hier il avait voulu me faire l'amour, que j'avais refusé, et que je m'en voulais.

Hier, je croyais que, s'il devait s'en aller, je pourrais toujours me rappeler le vieil ami d'enfance. Mais c'était stupide. Même si son sexe ne m'avait pas pénétrée, quelque chose de plus profond l'avait fait, et mon cœur avait été atteint.

«Je l'aime, mon père, ai-je répété.

— Moi aussi. L'amour fait toujours des sottises. Dans mon cas, il m'oblige à essayer de l'éloigner de son destin.

— Vous aurez du mal à m'éloigner, mon père. Hier, pendant les prières devant la grotte, j'ai découvert que je peux moi aussi éveiller ces dons auxquels vous faites allusion. Et je vais m'en servir pour le garder près de moi.

172

— Soit! a-t-il conclu, avec un léger sourire. Puissiez-vous réussir. »

Il s'est arrêté, a tiré un chapelet de sa poche. Puis, le tenant entre ses doigts, il m'a regardée droit dans les yeux.

« Jésus a dit qu'on ne doit pas jurer, et je ne vais pas le faire. Mais je vous dis en cet instant, en présence de ce qui m'est sacré, que je ne souhaite pas qu'il mène la vie religieuse conventionnelle. Je ne voudrais pas qu'il soit ordonné prêtre. Il peut servir Dieu de bien d'autres manières. A vos côtés. »

J'avais du mal à croire qu'il disait la vérité. Mais c'était pourtant le cas.

« Il est là », a dit le père.

Je me suis retournée. J'ai vu une voiture en stationnement un peu plus loin. C'était celle avec laquelle nous étions venus d'Espagne.

« D'habitude il vient toujours à pied, a-t-il remarqué en souriant. Cette fois, il a voulu nous donner l'impression qu'il avait fait un grand voyage. »

Mes tennis étaient détrempées par la neige. Mais le père avait aux pieds des sandales ouvertes, avec des chaussettes de laine, et j'ai préféré ne pas me plaindre. S'il supportait, je pouvais le faire aussi. Nous avons commencé à grimper vers les pics.

« C'est encore loin ?

— A une demi-heure de marche, tout au plus.

— Où allons-nous ?

— A sa rencontre. Et à celle d'autres personnes. »

J'ai senti qu'il ne souhaitait pas en parler davantage. Peut-être avait-il besoin de toutes ses forces pour l'escalade. Nous avons cheminé en silence ; le brouillard était maintenant presque dissipé, et le disque jaune du soleil commençait à être visible.

Pour la première fois, j'avais une vue générale de la vallée : une rivière qui coulait dans le fond, quelques hameaux disséminés, et Saint-Savin accroché au flanc de la mon-

174

tagne. Je reconnaissais le clocher de l'église, un cimetière que je n'avais pas remarqué jusqu'alors, et les maisons du Moyen Âge qui donnaient sur le cours d'eau.

Un peu au-dessous de nous, dans un endroit par où nous étions passés, un berger conduisait maintenant son troupeau de moutons.

«Je suis fatigué, a dit le père. Arrêtons-nous un peu.»

Nous avons balayé la neige sur un rocher et nous nous y sommes adossés. Le père transpirait — ses pieds devaient être gelés.

«Que saint Jacques me conserve mes forces, car je voudrais faire son chemin encore une fois», a-t-il dit en se tournant vers moi.

Je n'ai pas compris le sens de cette réflexion, et j'ai préféré changer de sujet.

«Il y a des traces de pas sur la neige, ai-je dit.

— Ce sont des traces de chasseurs, pour certaines. D'autres sont des empreintes d'hommes et de femmes qui veulent perpétuer une tradition.

— Quelle tradition?

— La même que celle de saint Savin. Se retirer du monde, venir dans ces montagnes et contempler la gloire de Dieu.

— Mon père, il faut que j'arrive à comprendre quelque chose. Jusqu'à hier, j'étais avec un homme qui hésitait entre la vie religieuse et le mariage. Aujourd'hui, je découvre que cet homme fait des miracles.

— Nous faisons tous des miracles. Jésus a dit : Si nous avons une foi de la valeur d'un grain de moutarde, nous dirons à la montagne "déplace-toi !" et la montagne se déplacera.

— Ce n'est pas une leçon de catéchisme que je désire entendre, mon père. J'aime un homme et je veux en savoir davantage à son sujet, je veux le comprendre, l'aider. Peu m'importe ce que tous peuvent ou ne peuvent pas faire.»

Il a respiré à fond. Il est resté un instant indécis, mais a bientôt repris la parole :

«Un savant qui étudiait les singes, dans une île d'Indonésie, était parvenu à enseigner à une guenon à nettoyer les patates dans l'eau d'une rivière avant de les manger. Débarrassé du sable et des saletés, le tubercule devenait plus savoureux. Ce savant, qui faisait cela uniquement parce qu'il rédigeait une étude sur les capacités d'apprentissage des singes en question, ne pouvait imaginer ce qui allait arriver. Quelle ne fut pas sa surprise en voyant que d'autres singes de l'île se mirent à imiter la guenon! Tant et si bien que, un beau jour, lorsqu'un certain nombre de singes eurent appris à laver les patates, ceux de toutes les îles de l'archipel commencèrent à en faire autant. Mais le plus étonnant est que ces autres animaux avaient

176

appris sans jamais avoir eu aucun contact avec l'île où l'expérience était menée.

« Vous avez compris ?

— Non.

— Il existe sur ce sujet diverses études scientifiques. L'explication le plus communément admise est que, lorsqu'un nombre déterminé d'individus évoluent, c'est l'espèce tout entière qui finit par évoluer. On ignore combien d'individus il faut, mais on sait que les choses se passent ainsi.

— C'est comme l'histoire de l'Immaculée Conception, ai-je dit. Elle est apparue à la fois aux sages du Vatican et à la petite paysanne ignorante.

— Le monde a une âme, et il arrive un moment où cette âme agit sur tout et sur tous en même temps.

— Une âme féminine. »

Il a ri, mais ne m'a pas précisé ce que signifiait ce rire.

« Il se trouve que le dogme de l'Immaculée Conception n'a pas été seulement une affaire du Vatican, a-t-il poursuivi. Huit millions de personnes avaient signé une pétition adressée au pape. Les signatures provenaient de tous les coins du monde. La chose était dans l'air.

— Est-ce là le premier pas, mon père ?

— Le premier pas de quoi ?

— De la démarche qui va conduire à considérer Notre-Dame comme l'incarnation de la face féminine de Dieu. Après tout, nous avons déjà admis que Jésus a incarné sa face masculine.

— Que voulez-vous dire ?

— Combien de temps faudra-t-il pour que nous admettions une sainte Trinité où apparaisse la femme ? La sainte Trinité de l'Esprit-Saint, de la Mère et du Fils ?

— Allons, en route, a-t-il dit. Il fait trop froid pour rester ici sans bouger. »

«Tout à l'heure, vous avez observé mes sandales, a-t-il dit.

— Vous lisez vraiment dans les pensées ? »

Il ne m'a pas répondu.

«Je vais vous raconter une partie de l'histoire. Celle de la fondation de notre ordre. Nous sommes ceux que l'on appelle les carmes déchaux, selon les règles établies par sainte Thérèse d'Avila. Les sandales font partie de la règle ; être capable de dominer le corps, c'est être capable de dominer l'esprit.

«Thérèse était une belle jeune fille, mise au couvent par son père pour y recevoir une éducation raffinée. Un beau jour, passant par un couloir, elle commença à converser avec Jésus. Ses extases étaient si fortes et si profondes qu'elle s'y livra totalement et, en peu de temps, sa vie en fut complètement transformée. Voyant que les couvents de carmélites étaient devenus de véritables agences matrimoniales, elle décida de créer un ordre

179

qui suivît exactement les enseignements originels du Christ et du Carmel.

« Sainte Thérèse dut se vaincre elle-même et affronter les grandes puissances de son époque, l'Eglise et l'Etat. Malgré tout, elle n'hésita pas à aller de l'avant, convaincue qu'il lui fallait accomplir sa mission. Un jour — alors que son âme faiblissait —, une femme en haillons se présenta à la porte de la maison où elle logeait. Elle voulait à tout prix parler à la mère. Le maître de la maison lui offrit une aumône, mais elle la refusa : elle ne partirait qu'après avoir parlé à Thérèse.

« Trois jours durant, elle attendit à l'extérieur, sans manger ni boire. La mère, touchée de compassion, demanda qu'on la laissât entrer.

« "Non, dit le maître de la maison, elle est folle.

« — Si j'écoutais tout le monde, je finirais par croire que je suis folle moi-même, répondit la mère. Il se peut que cette femme ait le même type de folie que moi : celle du Christ sur la croix."

— Sainte Thérèse parlait au Christ, ai-je dit.

— Oui. Mais revenons à l'histoire. La femme en question fut donc reçue par la mère. Elle dit se nommer María de Jesús Yepes, de Grenade. Elle était novice au carmel quand la Vierge lui était apparue, pour

180

lui demander de fonder un couvent selon les règles primitives de l'ordre. »

« Comme sainte Thérèse », ai-je pensé.

« María de Jesús quitta le couvent le jour même de sa vision et s'en alla, pieds nus, jusqu'à Rome. Deux années dura son pèlerinage, pendant lesquelles elle dormit à la belle étoile, souffrit du froid et de la chaleur, vécut d'aumônes et de la charité d'autrui. C'est par miracle qu'elle put arriver à destination. Mais ce fut un plus grand miracle encore que d'être reçue par le pape Pie IV.

— Parce que le pape, ainsi que Thérèse et bien d'autres, pensait justement à la même chose », ai-je conclu.

De même que Bernadette ignorait la décision du Vatican, de même que les singes des autres îles ne pouvaient rien savoir de l'expérience en cours, de même que María de Jesús et Thérèse ignoraient chacune ce à quoi pensait l'autre.

Je commençais à entrevoir la signification de tout cela.

Nous cheminions maintenant à travers un bois. Les hautes branches, sans feuilles, couvertes de neige, recevaient les premiers rayons du soleil. Le brouillard se dissipait complètement.

« Je vois où vous voulez en venir, mon père.

— Oui. Le monde vit une époque où beaucoup de gens reçoivent le même ordre. Suivez vos rêves. Transformez votre vie en un chemin qui mène à Dieu. Réalisez vos miracles. Guérissez. Prophétisez. Ecoutez votre ange gardien. Soyez un guerrier, et soyez heureux dans votre combat.

— Courez vos risques. »

Le soleil baignait maintenant toute chose. La neige étincelait, et l'excès de clarté me faisait mal aux yeux. Mais, en même temps, cette luminosité semblait compléter ce que disait le père.

« Et quel rapport cela a-t-il avec lui ?

— Je vous ai fait voir le côté héroïque de

l'histoire. Mais vous ne savez rien de l'âme de ces héros. »

Il a marqué une longue pause.

« La souffrance, a-t-il poursuivi. Dans les périodes de transformation apparaissent les martyrs. Avant que les gens aient la possibilité de suivre leurs rêves, il faut que d'autres se sacrifient. Ils doivent affronter le ridicule, les persécutions, tout ce qui vise à discréditer leurs actions.

— C'est l'Eglise qui a brûlé les sorcières, mon père.

— Oui. Et Rome a jeté aux lions les chrétiens. Ceux qui sont morts sur le bûcher ou dans l'arène ont accédé aussitôt à la gloire éternelle — et c'était mieux ainsi. Mais, de nos jours, les guerriers de la lumière affrontent quelque chose de bien pire que la mort auréolée de l'honneur du martyre. Ils sont peu à peu consumés par la honte et l'humiliation. Ainsi en a-t-il été avec les enfants enjoués de Fatima : Jacinta et Francisco moururent en l'espace de quelques mois ; Lucia s'enferma dans un couvent d'où elle n'est jamais plus sortie.

— Mais ce ne fut pas le cas de Bernadette.

— Si. Elle a eu à subir l'emprisonnement, l'humiliation, le discrédit. Il a dû vous le raconter. Il a dû vous parler des mots prononcés par l'apparition.

— Quelques-uns seulement.

— Lors des apparitions de Lourdes, les

183

phrases énoncées par Notre-Dame pourraient tenir sur une demi-page de cahier. Toutefois, la Sainte Vierge a tenu à dire à la petite bergère : *"Je ne te promets pas le bonheur dans ce monde."* Pourquoi l'une de ses rares paroles a-t-elle été de prévenir et consoler Bernadette ? Parce qu'elle savait les tourments qui attendaient l'enfant si celle-ci acceptait sa mission. »

Je regardais le soleil, la neige, les arbres dépouillés.

« Lui, c'est un révolutionnaire », a-t-il continué ; et il y avait de l'humilité dans sa voix. « Il a un pouvoir ; il parle avec Notre-Dame. S'il parvient à bien concentrer son énergie, il peut trouver sa place dans l'avant-garde, être l'un des guides de la transformation spirituelle de l'espèce humaine. Le monde vit un moment des plus importants.

« Cependant, si c'est là son choix, il va beaucoup souffrir. Ses révélations arrivent avant l'heure. Et je connais suffisamment l'âme humaine pour savoir ce qui l'attend dorénavant. »

Le père s'est tourné vers moi et m'a prise par les épaules.

« Je vous en prie, a-t-il ajouté. Eloignez-le de la souffrance et de la tragédie qui le guettent. Il n'y résistera pas.

— Je comprends l'amour que vous lui portez, mon père. »

Il a hoché la tête.

184

« Non, vous n'y comprenez rien. Vous êtes encore trop jeune pour connaître la méchanceté du monde. En cet instant, vous voyez en vous aussi une révolutionnaire. Vous voulez changer le monde avec lui, ouvrir des chemins, faire en sorte que votre histoire d'amour se transforme en quelque chose de légendaire, que l'on racontera de génération en génération. Vous continuez encore à croire que l'amour peut triompher.

— Et ne le peut-il pas ?

— Oui, sans doute. Mais il triomphera à son heure. Après que les batailles célestes auront cessé.

— Je l'aime. Et je n'ai pas besoin d'attendre la fin des batailles célestes pour laisser triompher mon amour. »

Son regard s'est fait lointain.

« *Au bord des fleuves de Babylone nous étions assis et nous pleurions*, a-t-il dit, comme s'il se parlait à lui-même. *Aux peupliers alentour nous avions pendu nos harpes.*

— Comme cela est triste, ai-je répondu.

— Ce sont les premiers vers d'un psaume. Il parle de l'exil, de ceux qui voudraient regagner la Terre promise et qui ne le peuvent pas. Et cet exil va se prolonger quelque temps encore. Que puis-je faire pour tenter d'empêcher la souffrance de celui qui désire retourner au Paradis avant l'heure ?

— Rien, mon père. Rien du tout. »

« Le voici », a dit le père.

Je l'ai vu. Il devait être à deux cents mètres de moi, environ, agenouillé au milieu de la neige. Il était torse nu et, même de loin, j'ai pu remarquer que sa peau était violacée à cause du froid.

Il se tenait tête baissée et les mains jointes, dans l'attitude de la prière. Je ne sais si j'étais influencée par le rituel auquel j'avais assisté la nuit précédente, ou par la femme que j'avais vue ramasser des fagots devant sa pauvre maison, mais j'avais le sentiment de regarder une personne douée d'une force spirituelle fantastique. Quelqu'un qui n'appartenait plus à ce monde — qui vivait en communion avec Dieu et avec les esprits lumineux du plus haut des cieux. L'éclat de la neige autour de lui semblait renforcer encore cette impression.

« Sur cette montagne, a dit le père, il en existe d'autres, qui, en constante adoration, communiquent dans l'expérience de Dieu et de la Sainte Vierge. Qui écoutent les anges, les saints, des prophéties, des paroles de sagesse, et qui transmettent tout cela à un petit groupe de fidèles. Tant qu'il en sera ainsi, il n'y aura pas de problème.

« Mais il ne va pas rester ici. Il partira courir le monde et prêcher l'idée de la Grande Mère. L'Eglise ne veut pas en entendre parler pour le moment. Et le monde a des pierres en main, qu'il est prêt à jeter sur les premiers qui aborderont le sujet.

— Et des fleurs pour les lancer à ceux qui viendront ensuite.

— Oui. Mais lui n'est pas dans ce cas. »

Il s'est mis alors à avancer vers lui.

« Où allez-vous ? ai-je demandé.

— Le réveiller de son extase. Lui dire que vous m'avez plu. Et que je bénis votre union. Je veux faire cela ici même, en ce lieu qui pour lui est sacré. »

J'ai ressenti un début de nausée, comme quelqu'un qui a peur, mais sans en comprendre la raison.

« Il faut que je réfléchisse, mon père. Je ne sais si c'est ce qui convient.

— Non, ça ne l'est pas. Bien des parents font des erreurs à propos de leurs enfants parce qu'ils croient savoir ce qui est préférable pour eux. Je ne suis pas votre père, et je sais que je ne fais pas ce qu'il faudrait. Mais je dois accomplir ma destinée. »

J'étais de plus en plus angoissée.

« N'allons pas l'interrompre, ai-je dit. Laissez-le achever sa contemplation.

— Il ne devrait pas être là. Il devrait être avec vous.

— Il est peut-être en conversation avec la Vierge.

— Possible. Malgré tout, il faut que nous allions jusqu'à lui. S'il me voit avec vous, il saura que je vous ai tout raconté. Et il sait ce que je pense.

— C'est aujourd'hui la fête de l'Immaculée Conception, ai-je insisté. Un jour tout à fait spécial pour lui. Hier soir, devant la grotte, j'ai pu être témoin de sa joie.

— L'Immaculée Conception est importante pour nous tous. Mais c'est moi, maintenant, qui n'ai pas envie de discuter religion ; allons plutôt vers lui.

— Pourquoi maintenant, mon père ? Pourquoi à cette minute même ?

— Parce qu'il est en train de décider de son avenir. Et il est possible qu'il choisisse la mauvaise route. »

Je me suis tournée dans la direction opposée et j'ai commencé à redescendre le chemin que nous venions de gravir. Il m'a suivie.

« Que faites-vous ? Ne voyez-vous pas que vous êtes la seule à pouvoir le sauver ? Ne voyez-vous pas qu'il vous aime, qu'il abandonnerait tout pour vous ? »

Je marchais de plus en plus vite, et il avait du mal à rester à ma hauteur.

«En ce moment précis, il est en train de faire son choix. Il choisit peut-être de vous quitter. Battez-vous pour ce que vous aimez!»

Mais je ne me suis pas arrêtée. J'ai continué à marcher aussi vite que je le pouvais, en laissant derrière moi la montagne, le religieux, les choix. L'homme qui trottinait derrière moi lisait dans mes pensées, j'en étais sûre, et savait que toute tentative pour me faire retourner sur mes pas serait vaine. Malgré cela, il insistait, argumentait, luttait jusqu'au bout.

Finalement, nous sommes arrivés à ce rocher sur lequel nous nous étions reposés une demi-heure plus tôt. Ereintée, je me suis jetée sur le sol. Je ne pensais à rien. Je voulais m'enfuir de là, me retrouver seule, avoir du temps pour réfléchir.

Le père est arrivé quelques minutes plus tard, épuisé lui aussi par cette marche accélérée.

«Vous voyez ces montagnes qui nous entourent? Elles ne prient pas; elles sont déjà l'oraison de Dieu. Elles sont ainsi parce qu'elles ont trouvé leur place dans le monde et qu'à cette place elles demeurent. Elles s'y trouvaient déjà avant que l'homme ne regardât le ciel, n'entendît le tonnerre et ne se demandât qui avait créé tout cela. Nous naissons, nous souffrons, nous mourons, et les montagnes sont toujours là. Il arrive un moment où nous éprouvons le besoin de nous demander s'il vaut la peine de faire tant d'efforts. Pourquoi ne pas essayer d'être comme ces montagnes — sages, vieilles, à la place qui convient ? Pourquoi tout risquer pour transformer une demi-douzaine de personnes qui auront tôt fait d'oublier ce qu'on leur a enseigné, et partiront vers une nouvelle aventure ? Pourquoi ne pas attendre qu'un nombre déterminé de singes-hommes aient appris, et qu'alors la connaissance se répande sans souffrance dans toutes les autres îles ?

— Est-ce bien là votre opinion, mon père ? »

Il s'est tu quelques instants.

« Vous lisez dans les pensées ?

— Non. Mais si vous estimiez vraiment que cela n'en vaut pas la peine, vous n'auriez pas choisi la vie religieuse.

— Bien souvent, je m'efforce de comprendre mon destin. Et je n'y arrive pas. J'ai accepté d'appartenir à l'armée de Dieu, et tout ce que j'ai fait, c'est essayer d'expliquer aux hommes pourquoi la misère existe, et la douleur, et l'injustice. Je les exhorte à être de bons chrétiens, et ils me demandent : "Comment puis-je croire en Dieu quand il existe tant de souffrance dans le monde ?" Et j'essaie d'expliquer ce qui n'est pas explicable. J'essaie de dire qu'il y a un plan, une bataille entre les anges, et que nous sommes tous impliqués dans cette lutte ; que, lors-

190

qu'un certain nombre de personnes auront assez de foi pour changer ce décor, toutes les autres — dans tous les lieux de cette planète — recevront les bienfaits de ce changement. Mais ils ne croient pas en moi. Ils ne font rien.

— Ils sont comme les montagnes. Celles-ci sont belles. Qui arrive devant elles ne peut s'empêcher de penser à la grandeur de la création. Elles sont la preuve vivante de l'amour que Dieu nous porte, mais le destin de ces montagnes est seulement de témoigner. Elles ne sont pas comme les rivières, qui se meuvent et transforment le paysage.

— C'est vrai. Mais pourquoi n'être pas comme les montagnes ?

— Peut-être parce que le destin des montagnes doit être terrible. Elles sont obligées de contempler toujours le même paysage. »

Il n'a rien dit.

« Je me suis efforcée de devenir montagne, ai-je poursuivi. Chaque chose était à sa place. J'allais occuper un emploi dans l'administration publique, me marier, enseigner à mes enfants la religion de mes parents alors que je n'y croyais plus. Aujourd'hui, je suis résolue à laisser tout cela et à suivre l'homme que j'aime. Heureusement que j'ai renoncé à être montagne — je n'aurais pas tenu le coup bien longtemps.

— Vous dites des choses pleines de sagesse.

— Je n'ai cessé de me surprendre moi-même. Avant, je n'arrivais à parler que de l'enfance. »

Je me suis relevée. L'abbé a respecté mon silence et n'a pas essayé de renouer la conversation jusqu'à ce que nous ayons rejoint la route.

J'ai pris ses mains et les ai embrassées.

« Je vais vous dire au revoir. Mais je veux que vous sachiez que je vous comprends et que je comprends votre amour pour lui. »

Il a souri et m'a bénie.

« Moi aussi, je comprends votre amour pour lui », a-t-il répondu.

Tout le reste de cette journée, je me suis promenée dans la vallée. Je me suis amusée dans la neige, je suis passée dans un bourg proche de Saint-Savin, j'ai mangé un sandwich au pâté, regardé des gamins qui jouaient au ballon.

A l'église d'un autre village, j'ai allumé un cierge. J'ai fermé les yeux et répété les invocations que j'avais apprises la veille. Puis j'ai prononcé des mots dépourvus de sens — tout en me concentrant sur l'image d'un crucifix derrière l'autel. Peu à peu, le don des langues a pris possession de moi. C'était plus facile que je ne l'avais cru.

Cela pouvait paraître stupide — murmurer des phrases, proférer des mots inconnus, qui ne signifient rien pour notre raison. Mais l'Esprit-Saint parlait à mon âme et disait des choses qu'elle avait besoin d'entendre.

Quand je me suis sentie suffisamment purifiée, j'ai fermé les yeux et j'ai prié :

« Sainte Vierge, rends-moi la foi. Que je

puisse être moi aussi un instrument de ton travail. Donne-moi la possibilité d'apprendre par mon amour. Car l'amour n'a jamais éloigné personne de ses rêves. Que je sois la compagne et l'alliée de l'homme que j'aime. Qu'il fasse tout ce qu'il devra faire — à mes côtés. »

A mon retour à Saint-Savin, il faisait déjà presque nuit. La voiture était en stationnement devant la maison où nous avions loué la chambre.

«Où étais-tu? a-t-il demandé sitôt qu'il m'a vue.

— J'ai marché, et j'ai prié.»

Il m'a serrée fort dans ses bras.

«Par moments, j'ai eu peur que tu ne sois partie. Tu es ce que j'ai de plus précieux en ce monde.

— Toi aussi», ai-je rétorqué.

Nous avons fait halte dans un bourg proche de San Martín de Unx. La traversée des Pyrénées avait été plus longue que nous ne pensions, en raison de la pluie et de la neige de la veille.

«J'ai faim», a-t-il dit en descendant de voiture.

Je n'ai pas bougé.

«Viens», a-t-il insisté, en ouvrant la portière de mon côté.

«Je voudrais te demander quelque chose. Une question que je ne t'ai pas encore posée depuis notre rencontre.»

Il a tout de suite eu une expression sérieuse. Et je me suis amusée de son air inquiet.

«C'est important ?

— Très», ai-je répondu, en m'efforçant de prendre aussi un air grave. «La question est : où allons-nous ?»

Et nous avons tous deux éclaté de rire.

«A Saragosse», a-t-il répondu, soulagé.

Je suis descendue de voiture, et nous nous sommes mis à chercher un restaurant ouvert. Il devait être à peu près impossible d'en trouver un, à pareille heure.

« Non, ce n'est pas impossible. L'Autre n'est plus avec moi. Les miracles arrivent », me suis-je dit intérieurement.

« Quand dois-tu être à Barcelone ? » ai-je demandé.

Il n'a rien répondu, et n'a pas souri. « Il faut que j'évite ce genre de questions, ai-je pensé. Cela pourrait donner l'impression que j'essaie de contrôler sa vie. »

Nous avons marché un peu en silence. Sur la place, il y avait une enseigne éclairée : *Mesón El Sol*.

« C'est ouvert. Allons manger un morceau », a-t-il dit seulement.

Les poivrons rouges farcis d'anchois étaient disposés en étoile. A côté, du fromage de la Manche, en tranches fines, presque translucides. Au centre de la table, une bougie allumée et une bouteille de rioja à moitié pleine.

« Ici, c'était une auberge au Moyen Âge », a dit le garçon qui nous servait.

Il n'y avait presque personne au bar à cette heure-ci. Il s'est levé, est allé téléphoner, puis est revenu à notre table. J'ai eu envie de lui demander qui il avait appelé, mais cette fois j'ai su me retenir.

« On reste ouvert jusqu'à deux heures et

demie du matin, a repris le garçon. Si vous voulez, je peux vous apporter davantage de jambon, de fromage et de vin, et vous n'aurez qu'à vous installer sur la place. L'alcool vous réchauffera.

— On ne va pas s'attarder si longtemps. Il faut que nous arrivions à Saragosse avant le lever du jour. »

Le garçon est retourné au comptoir. Nous avons à nouveau empli nos verres. Cette fois encore, j'ai ressenti cette impression de légèreté que j'avais éprouvée à Bilbao — la douce ivresse du rioja, qui nous aide à dire ou à entendre des choses difficiles.

« Tu es fatigué de conduire, et nous sommes là à boire, ai-je fait remarquer, après une autre gorgée. Il vaudrait mieux s'arrêter ici. J'ai vu un parador en chemin. »

Il a fait oui de la tête.

« Regarde cette table en face de nous, s'est-il borné à dire. Les Japonais appellent cela le *shibumi* : la véritable sophistication des choses simples. Les gens amassent de l'argent, fréquentent des endroits chers, et pensent qu'ainsi ils sont des gens bien. »

J'ai repris du vin.

Le parador. Une autre nuit à ses côtés.

La virginité mystérieusement refaite.

« C'est drôle d'entendre un séminariste parler de sophistication, ai-je dit, pour essayer de me concentrer sur autre chose.

198

— C'est justement quelque chose que j'ai appris au séminaire. Plus nous nous rapprochons de Dieu par la foi, plus Il devient simple. Et plus simple Il devient, plus forte est Sa présence. »

Sa main s'est promenée lentement sur la table.

« Le Christ a été informé de sa mission alors qu'il sciait du bois et fabriquait des chaises, des lits, des armoires. Il est venu sous les traits d'un charpentier pour nous montrer que tout — et peu importe ce que nous faisons — peut nous amener à l'expérience de l'amour de Dieu. »

Il s'est brusquement interrompu :

« Ce n'est pas de cela que je veux parler, mais d'une autre sorte d'amour. »

Ses mains se sont posées sur mon visage.

Le vin rendait les choses plus faciles pour lui. Et pour moi.

« Pourquoi t'es-tu arrêté tout à coup ? Pourquoi ne veux-tu pas parler de Dieu, de la Vierge, du monde spirituel ? »

Il a insisté :

« Je veux parler d'une autre sorte d'amour. L'amour que partagent un homme et une femme, et dans lequel aussi se manifestent les miracles. »

J'ai pris ses mains. Il pouvait bien connaître les grands mystères de la Déesse — mais, quant à l'amour, il n'en savait pas plus que moi. Même après avoir tant couru le monde.

Et il lui faudrait payer le prix : l'initiative. Car la femme paie le prix le plus élevé : le don de soi.

Nous sommes restés ainsi, à nous tenir les mains, un long moment. Je lisais dans ses yeux les peurs ancestrales que le véritable amour impose comme autant d'épreuves à surmonter. J'ai lu le refus de la nuit précédente, le long temps que nous avions passé loin l'un de l'autre, les années au monastère en quête d'un monde où ces choses-là ne se produisaient pas.

Je lisais dans ses yeux les milliers de fois où il avait imaginé cet instant, les décors qu'il avait construits autour de nous, la coiffure que j'aurais et la couleur de mes vêtements. Je voulais dire oui, qu'il serait bien accueilli, que mon cœur avait gagné la bataille. Je voulais dire combien je l'aimais, combien je le désirais à cette minute.

Mais je suis restée muette. J'ai assisté, comme dans un rêve, à son combat intime. J'ai vu qu'il avait en face de lui mon refus, la crainte de me perdre, les mots durs qu'il avait entendus dans des occasions semblables — car nous passons tous par de tels moments, et nous accumulons les cicatrices.

Ses yeux se sont mis à briller. Je savais qu'il était en train de franchir toutes ces barrières.

J'ai alors lâché l'une de ses mains. J'ai

200

pris un verre et l'ai posé tout au bord de la table.

« Il va tomber, a-t-il dit.

— Exact. Et je veux que tu le renverses.

— Casser un verre ? »

Oui, casser un verre. Un geste simple, en apparence, mais qui implique des frayeurs que nous n'arriverons jamais à comprendre. Qu'y a-t-il de mal à casser un verre ordinaire — alors que nous l'avons tous fait sans le vouloir une fois ou l'autre ?

« Casser un verre ? a-t-il répété. Pour quelle raison ?

— Je pourrais bien donner quelques explications. Mais, en fait, c'est seulement pour le casser.

— A ta place ?

— Bien sûr que non. »

Il regardait ce verre au bord de la table — préoccupé par l'éventualité de sa chute.

« C'est un rite de passage, comme tu l'exprimes si bien toi-même, ai-je eu envie de dire. C'est l'interdit. On ne casse pas les verres exprès. Quand nous entrons dans un restaurant, ou chez nous, nous faisons attention à ne pas laisser les verres au bord de la table. Notre univers exige que nous prenions garde à ne pas laisser les verres tomber et se briser. Et cependant, ai-je encore pensé, s'il nous arrive d'en casser un involontairement, nous nous apercevons qu'après tout ce n'est pas si grave. Le garçon dit "ça ne fait rien",

201

et je n'ai encore jamais vu qu'un verre cassé soit mis sur l'addition. Casser des verres fait partie de l'existence, et nous ne faisons aucun tort à nous-mêmes, au restaurant, à notre prochain. »

J'ai tapé sur la table du plat de la main. Le verre a oscillé mais n'est pas tombé.

« Attention ! a-t-il dit, instinctivement.

— Casse ce verre », ai-je insisté.

« Casse ce verre, ai-je pensé au fond de moi. Parce que c'est un geste symbolique. Essaie de comprendre que j'ai cassé en moi des choses bien plus importantes qu'un verre, et que j'en suis heureuse. Considère ton propre combat intérieur et casse ce verre. Parce que nos parents nous ont appris à prendre soin des verres, et des corps. Ils nous ont appris que les passions d'enfance sont du domaine de l'impossible, que nous ne devons pas éloigner les hommes du sacerdoce, que les gens ne font pas de miracles, et que personne ne part en voyage sans savoir où il va. Casse ce verre, je t'en prie, et libère-nous de tous ces maudits préjugés, de cette manie qu'on a de tout expliquer et de ne faire que ce qu'approuvent les autres. »

« Casse ce verre », ai-je demandé une fois de plus.

Il a fixé son regard sur le mien. Puis, lentement, sa main a glissé sur le plateau de la table, jusqu'à toucher le verre. D'un mouvement sec, il l'a poussé et fait tomber par terre.

Le bruit a attiré l'attention de tout le monde. Au lieu de s'excuser, il m'a regardée en souriant — et j'ai souri en retour.

«Ce n'est rien!» a crié le garçon qui servait les clients.

Mais lui n'a pas écouté. Il s'était levé, m'avait attrapée par les cheveux et m'embrassait.

Je l'ai pris aussi par les cheveux, l'ai serré contre moi de toutes mes forces; j'ai mordu ses lèvres, senti sa langue se promener dans ma bouche. C'était un baiser que j'avais attendu longtemps, qui était né au bord des rivières de notre enfance, alors que nous ne comprenions pas encore ce que signifie l'amour. Un baiser qui était resté en suspens quand nous avions grandi, qui avait parcouru le monde avec le souvenir d'une médaille, qui était resté caché derrière des piles de livres d'études pour un concours de la fonction publique. Un baiser qui s'était tant de fois perdu et qui maintenant venait d'être retrouvé. Dans cette minute de baiser, il y avait des années de quête, de désillusions, de rêves impossibles.

Je lui ai rendu son baiser en y mettant la même force. Les quelques rares personnes qui se trouvaient dans ce café ont dû nous regarder, et ont sans doute pensé ne voir qu'un baiser. Elles ne savaient pas que cette minute de baiser était le résumé de toute ma vie, de la vie de quiconque espère, rêve et cherche sa voie sous le soleil.

Dans cette minute de baiser, tous les moments de joie que j'ai vécus.

Il m'a déshabillée et m'a pénétrée. J'ai senti sa force, sa peur, sa volonté. J'ai eu un peu mal, mais c'était sans importance. De même qu'était sans importance le plaisir que je ressentais en cet instant. Je passais mes mains sur sa tête, je l'entendais gémir, et je remerciais Dieu parce qu'il était là, en moi, et me procurait la même sensation que si ç'avait été la première fois.

Nous nous sommes aimés toute la nuit — et l'amour se mêlait au sommeil et aux rêves. Je le sentais à l'intérieur de mon corps et je le serrais dans mes bras pour être bien sûre que c'était vrai, pour empêcher qu'il s'en allât soudain — comme ces chevaliers errants qui avaient un jour, au temps jadis, vécu dans ce château maintenant transformé en hôtel. Les murs de pierre, silencieux, semblaient conter des histoires de damoiselles restées à attendre, de larmes versées, de jours sans fin passés à la fenêtre à surveiller l'horizon, pour y chercher un signe ou un espoir.

Mais moi, je n'accepterais jamais de vivre cela : je m'en suis fait la promesse. Jamais je ne le perdrais. Il serait toujours avec moi — parce que j'avais entendu parler les langues du Saint-Esprit tout en regardant un crucifix derrière un autel, et ces langues m'avaient dit que je ne commettais aucun péché.

Je serais sa compagne. Ensemble nous ouvririons de nouvelles routes dans un monde à réinventer. Nous parlerions de la Grande Mère, nous lutterions au côté de l'archange saint Michel, nous vivrions ensemble l'angoisse et l'extase des pionniers. C'est cela que m'avaient dit les langues ; et moi, j'avais retrouvé la foi, je savais qu'elles disaient vrai.

Jeudi 9 décembre 1993

A mon réveil, ses bras entouraient ma poitrine. Il faisait déjà grand jour et l'on entendait sonner les cloches d'une église voisine.

Il m'a embrassée. Ses mains ont une nouvelle fois caressé mon corps.

« Il faut partir, a-t-il dit. Les vacances se terminent aujourd'hui, les routes doivent être encombrées.

— Je ne veux pas aller à Saragosse. Je veux aller directement là où tu vas. Les banques vont bientôt ouvrir, je veux me servir de ma carte pour retirer de l'argent et acheter des vêtements.

— Tu m'as dit que tu n'avais pas beaucoup d'argent.

— Je m'arrangerai. Il faut que je rompe radicalement avec mon passé. Une fois à Saragosse, je risque de redevenir raisonnable, de penser à mes examens et de trouver normal que nous restions séparés encore deux mois. Et si je réussis, je ne voudrai plus quitter Saragosse. Non, je ne peux pas y retourner. Il faut que je coupe les ponts avec la femme que j'ai été.

— Barcelone, a-t-il dit pour lui-même.

— Quoi ?

— Rien. Nous allons continuer notre route.

— Mais tu dois faire une conférence.

— Dans deux jours seulement», a-t-il répondu; le son de sa voix était bizarre. «Allons ailleurs. Je n'ai pas envie de me rendre tout droit à Barcelone.»

Je me suis levée. Je ne voulais pas réfléchir à des problèmes — peut-être m'étais-je réveillée comme on se réveille toujours après une première nuit d'amour : avec une certaine retenue, un peu de gêne.

Je suis allée à la fenêtre, j'ai entrouvert les rideaux et regardé la petite rue en face. Aux balcons, du linge étendu séchait. Des cloches sonnaient plus loin.

«J'ai une idée, ai-je dit. Allons à un endroit où nous sommes déjà allés quand nous étions gosses. Je n'y suis jamais retournée depuis.

— Où ça ?

— Au monastère de Piedra.

Quand nous sommes sortis de l'hôtel, les cloches sonnaient encore et il a proposé que nous entrions un moment dans l'église.

«Nous n'avons fait que cela, ai-je dit. Eglises, prières, rituels.

— Nous avons aussi fait l'amour, a-t-il répondu. Nous nous sommes soûlés trois fois. Nous avons marché dans la montagne. Nous avons bien équilibré la rigueur et la miséricorde.»

J'avais dit une sottise. Il fallait que je m'habitue à une nouvelle vie.

«Pardonne-moi.

— Entrons un instant. Ces cloches sont un signe.»

Il avait entièrement raison, mais je ne devais m'en apercevoir que le lendemain. Sans vraiment comprendre le signe occulte, nous avons repris la voiture et roulé pendant quatre heures jusqu'au monastère de Piedra.

La toiture s'était écroulée, et les rares statues encore là étaient décapitées — à l'exception d'une seule.

J'ai regardé tout autour de moi. Par le passé, cet endroit avait dû abriter des hommes doués d'une forte personnalité, qui veillaient à ce que chaque pierre fût maintenue propre et que chaque banc fût occupé par l'un des puissants de l'époque. Mais tout ce que je voyais maintenant n'était que ruines. Des ruines qui, au temps de notre enfance, se transformaient en châteaux où nous jouions ensemble et dans lesquels je cherchais mon prince charmant.

Durant des siècles, les moines du couvent de Piedra avaient gardé pour eux ce coin de paradis. Comme il se situait au fond d'une cuvette, ils recevaient tout naturellement ce que les villages voisins devaient mendier : l'eau. Là, la rivière Piedra formait un chapelet de cascades, de ruisseaux, de lacs, et une végétation luxuriante se développait tout autour.

Toutefois, il suffisait de parcourir quelques centaines de mètres et de sortir du canyon : tout alors n'était plus qu'aridité et désolation. La rivière elle-même, après avoir traversé cette dépression, redevenait un mince filet d'eau, comme si elle avait épuisé en ce lieu toute l'énergie de sa jeunesse.

Les moines le savaient bien, et l'eau qu'ils fournissaient à leurs voisins était au prix fort. D'innombrables luttes entre les religieux et les villageois avaient marqué l'histoire du monastère.

Finalement, au cours de l'une des guerres qui ont secoué l'Espagne, le couvent de Piedra fut transformé en place forte. Des chevaux allaient et venaient dans la nef centrale de l'église, des soldats bivouaquaient entre les bancs, racontaient des histoires obscènes et faisaient l'amour avec les femmes des villages alentour. La vengeance — tardive, il est vrai — était venue. Le monastère fut mis à sac et démoli.

Jamais plus les moines ne purent reprendre possession de ce paradis. Lors de l'une des nombreuses batailles juridiques qui s'ensuivirent, quelqu'un affirma que les habitants des localités voisines avaient exécuté une sentence prononcée par Dieu. Le Christ a dit : « Donnez à boire à ceux qui ont soif », et les pères étaient restés sourds à Ses paroles. Pour ce motif, Dieu avait chassé ceux qui se croyaient seigneurs et maîtres de la nature.

Et peut-être était-ce la raison pour laquelle l'église abbatiale demeurait en ruine, bien qu'une grande partie du couvent eût été reconstruite et transformée en hôtel. Les descendants des populations des alentours se rappelaient encore le prix exorbitant que leurs ancêtres avaient dû payer, pour une chose que la nature offrait gracieusement.

« Quelle est la seule statue à avoir conservé sa tête ? ai-je demandé.

— Sainte Thérèse d'Avila. Elle a du pouvoir. Et, malgré toutes les soifs de vengeance que les guerres entraînent, personne n'a osé y toucher. »

Il m'a prise par la main et nous sommes sortis. Nous avons déambulé dans les immenses couloirs du couvent, nous avons gravi les larges escaliers de bois, et nous avons vu les papillons qui voletaient dans les jardins intérieurs du cloître. Je me rappelais chaque détail de ce monastère — parce que j'y étais venue lorsque j'étais enfant et que les souvenirs anciens semblent plus vivants que les souvenirs récents.

Mémoire. Tout le mois et les jours qui avaient précédé cette semaine semblaient faire partie d'une autre vie. Une époque à laquelle je ne voulais plus jamais revenir parce que ses heures n'avaient pas été touchées par la main de l'amour. J'avais l'impression d'avoir vécu la même journée pendant des années et des années, à me réveiller toujours de la même façon, à répéter sans cesse les mêmes mots, à faire toujours les mêmes rêves.

Je me suis souvenue de mes parents, des parents de mes parents, et de beaucoup d'amis à moi. Je me suis souvenue de tout le temps passé à lutter pour une chose que je ne désirais pas.

Pourquoi avais-je fait cela ? Je n'arrivais pas à trouver une explication. Peut-être parce que j'avais eu la paresse d'imaginer d'autres voies. Peut-être par peur de ce que les autres allaient penser. Ou parce qu'il faudrait se donner trop de mal pour être différent. Ou encore parce que l'être humain est peut-être condamné à refaire les mêmes pas que la génération précédente jusqu'à ce qu'un nombre déterminé de personnes — et là, je me suis rappelé ce que disait le père supérieur — commencent à se comporter autrement. Alors, le monde change, et nous changeons avec lui.

Mais moi, je ne voulais pas continuer de cette façon. Le destin m'avait rendu ce qui était à moi, et il me donnait maintenant la possibilité de me changer moi-même et d'aider à transformer le monde.

J'ai repensé aux montagnes, et aux alpinistes que nous avions rencontrés au cours de nos promenades. C'étaient des jeunes, qui portaient des vêtements de couleurs vives pour être repérés au cas où ils se perdraient dans la neige et qui connaissaient les pistes menant aux cimes.

Les pentes étaient jalonnées de pitons d'aluminium enfoncés dans le roc : tout ce qu'ils avaient à faire, c'était de passer leurs cordes dans les mousquetons pour escalader en toute sécurité. Ils venaient là pour une aventure de fin de semaine, et le lundi ils retournaient à leurs occupations avec le sentiment d'avoir défié la nature — et de l'avoir vaincue.

Mais ce n'était rien de tel, en réalité. Les aventuriers étaient ceux qui, les premiers, avaient décidé de découvrir les voies d'accès. Certains n'étaient pas même arrivés à mi-chemin, ils étaient tombés dans des crevasses. D'autres, les doigts gelés, avaient dû être amputés. Beaucoup avaient à jamais disparu.

Mais un jour quelqu'un atteignit le sommet de l'un de ces pics. Et ses yeux furent les premiers à contempler ce paysage. Son cœur alors bondit de joie. Il avait accepté les risques, et maintenant — par sa conquête —

il honorait tous ceux qui avaient péri en tentant de réussir.

Il se peut que les gens, en bas, aient pensé : « Il n'y a rien d'intéressant là-haut, rien de plus qu'un paysage. A quoi bon ? » Mais le premier alpiniste sentait ce qui était intéressant : accepter le défi, et aller de l'avant. Savoir qu'aucun jour n'est semblable à un autre, et que chaque matin comporte son miracle particulier, son moment magique, où de vieux univers s'écroulent et de nouvelles étoiles apparaissent

Le premier homme à avoir escaladé ces montagnes a dû se poser la même question en regardant, là en bas, ces petites maisons avec leurs cheminées qui fumaient : « Pour ces gens, tous les jours ont l'air identiques. Quel intérêt ? »

Désormais les montagnes étaient conquises, les astronautes avaient marché sur la lune, il n'y avait plus aucune île sur la terre — si petite fût-elle — que l'on pût encore découvrir. Restaient cependant les grandes aventures de l'esprit ; et voici que l'une d'elles m'était maintenant offerte. C'était une bénédiction. Le père supérieur n'y entendait rien. Ces douleurs-là ne font pas mal.

Bienheureux ceux qui peuvent faire les premiers pas. Un jour, les gens sauraient que l'homme est capable de parler la langue des anges, que nous détenons, tous, autant que nous sommes, les dons de l'Esprit-Saint et que nous pouvons accomplir des miracles, guérir, prophétiser, comprendre.

Nous avons passé l'après-midi à nous promener dans le canyon, en nous rappelant le temps de notre enfance. C'était la première fois qu'il se comportait ainsi : lors de notre voyage à Bilbao, il avait paru ne plus s'intéresser à Soria. Maintenant, au contraire, il me demandait des détails sur chacun de nos amis, voulait savoir s'ils étaient heureux, ce qu'ils faisaient dans la vie.

Finalement, nous sommes arrivés à la plus grande cascade de la rivière Piedra, qui réunit les eaux de plusieurs petits ruisseaux et les précipite d'une hauteur de plus de trente mètres. Nous nous sommes arrêtés sur le bord et sommes restés à écouter ce bruit assourdissant, à contempler l'arc-en-ciel dans la brume que produisent les grandes chutes d'eau.

« La Queue de cheval », ai-je dit, étonnée de me rappeler un nom que j'avais entendu si longtemps auparavant.

« Je me souviens… a-t-il commencé.

— Oui ! Je sais ce que tu vas dire ! »

Bien sûr que je le savais ! La cascade dissimulait une grotte immense. Enfants, en revenant de notre première promenade au monastère de Piedra, nous n'avions cessé de parler de cet endroit durant des jours et des jours.

« La caverne, a-t-il complété. Allons jusque-là ! »

Il était impossible de passer sous la chute d'eau. Les moines avaient jadis construit un tunnel, partant du point le plus élevé de la cascade et descendant jusqu'au fond de la grotte. Il n'a pas été difficile de trouver l'entrée. L'été, peut-être des lampes éclairaient-elles le chemin mais en cette saison nous étions seuls, et le tunnel était plongé dans une obscurité totale.

« Nous y allons quand même ? ai-je demandé.

— Bien sûr. Fais-moi confiance. »

Nous avons commencé à descendre par l'excavation qui se trouvait à côté de la cascade. Nous ne pouvions rien voir autour de nous, mais nous savions où nous allions — et il m'avait demandé de m'en remettre à lui.

« Merci, Seigneur », me disais-je, tandis que nous nous enfoncions de plus en plus dans les entrailles de la terre. « Parce que j'étais une brebis égarée, et que Tu m'as ramenée.

Parce que ma vie était morte et que Tu l'as ressuscitée. Parce que l'amour avait déserté mon cœur et que Tu m'as redonné cette grâce. »

Je prenais appui sur son épaule. Mon aimé guidait mes pas sur les chemins des ténèbres, sachant que nous retrouverions la lumière et que nous serions heureux de la revoir. Peut-être, dans l'avenir qui nous attendait, y aurait-il des moments où cette situation se trouverait inversée; alors ce serait moi qui le guiderais, avec le même amour, la même assurance, jusqu'à ce que nous arrivions à un endroit où, en toute sécurité, nous pourrions nous reposer ensemble.

Nous avancions lentement, et la descente paraissait ne devoir jamais finir. Etait-ce un nouveau rite de passage, marquant la fin d'une époque où aucune lumière ne brillait dans ma vie? A mesure que je progressais dans ce tunnel, je songeais à tout ce temps que j'avais perdu à la même place, à essayer de planter des racines dans un sol où plus rien ne poussait.

Mais Dieu était bon et m'avait rendu l'enthousiasme oublié, les aventures que j'avais rêvées, l'homme que — sans le vouloir — j'avais attendu tout au long de ma vie. Je n'éprouvais aucun remords du fait qu'il abandonnait le séminaire; car il existait bien des façons de servir Dieu, comme l'avait dit le père, et notre amour en multiplierait encore le nombre. Dorénavant, la chance m'était donnée de servir et aider — et cela, grâce à lui.

Nous irions de par le monde. Lui, apportant du réconfort aux autres ; moi, lui apportant du réconfort à lui.

« Merci, Seigneur, de m'aider à servir. Apprends-moi à en être digne. Donne-moi les forces nécessaires pour faire partie de sa mission, cheminer avec lui par le monde, offrir un nouvel essor à ma vie spirituelle. Que tous nos jours soient comme ont été ceux-ci — de place en place, à guérir les malades, réconforter les affligés, en parlant de l'amour que la Grande Mère nous porte à tous. »

Soudain, nous avons de nouveau entendu le bruit de l'eau, la lumière a éclairé notre chemin, et le tunnel obscur s'est transformé en l'un des plus beaux spectacles de la terre. Nous nous trouvions à l'intérieur d'une immense caverne, vaste comme une cathédrale. Trois des parois étaient constituées par le roc lui-même, la quatrième était la Queue de cheval, l'eau qui se précipitait dans le lac vert émeraude à nos pieds.

Les rayons du soleil couchant traversaient la cascade et faisaient briller les parois de pierre ruisselantes.

Nous sommes restés adossés au rocher sans rien dire.

Autrefois, quand nous étions gamins, ce lieu était le repaire des pirates où demeuraient cachés les trésors de nos imaginations enfantines. Maintenant, c'était le miracle de la Terre Mère. Je me sentais dans son ventre, je savais qu'elle était là : ses parois rocheuses nous protégeaient, son mur d'eau nous lavait de nos péchés.

« Merci, ai-je dit à haute voix.

— Qui remercies-tu ?

— Elle. Et toi aussi, qui as été l'instrument de mon retour à la foi. »

Il s'est approché du bord du lac souterrain. Il a contemplé ses eaux et il a souri.

« Viens ici », m'a-t-il demandé.

Je me suis rapprochée.

« Il faut que je te raconte quelque chose que tu ne sais pas encore. »

Ses paroles m'ont causé une certaine appréhension. Mais l'expression de son regard était calme et cela m'a rassurée.

« Chacun de nous possède un don. Chez certaines personnes, il se manifeste spontanément ; d'autres ont besoin de faire des efforts pour le trouver. C'est ce que j'ai fait pendant les quatre années que j'ai passées au séminaire. »

Il fallait maintenant que je « donne la réplique », pour reprendre l'expression qu'il m'avait apprise lorsque le vieux bonhomme nous avait interdit l'entrée de la petite église. Je devais faire semblant de ne rien savoir.

« Non. C'est bien ainsi, me suis-je dit. Ce n'est pas un itinéraire de frustration, mais de joie. »

« Que fait-on, au séminaire ? » lui ai-je

demandé, cherchant à gagner du temps pour mieux jouer mon rôle.

« La question n'est pas là. Le fait est que j'ai développé un don. Je suis capable de guérir, quand c'est la volonté de Dieu.

— La bonne affaire ! ai-je dit, en m'efforçant de paraître étonnée. Nous ne dépenserons pas d'argent pour les médecins. »

Il n'a pas ri. Et je me suis sentie stupide.

« J'ai développé mes dons par les pratiques charismatiques auxquelles tu as assisté. Au début, j'ai été surpris ; je priais, demandais la présence du Saint-Esprit, imposais les mains et rendais la santé à de nombreux malades. Ma renommée a commencé à se répandre, et tous les jours des gens faisaient la queue à la porte du séminaire dans l'espoir que je leur viendrais en aide. Dans chaque plaie infectée et malodorante je voyais les plaies de Jésus.

— Je suis fière de toi.

— Au couvent, beaucoup étaient contre ; mais le supérieur m'a soutenu sans réserve.

— Nous poursuivrons cette action. Nous irons ensemble parcourir le monde. Je laverai les plaies, toi tu les béniras, et Dieu réalisera ses miracles. »

Il a détourné de moi son regard et l'a fixé sur le lac. On eût dit qu'il y avait dans cette grotte une présence — un peu comme cette

223

nuit où nous nous étions enivrés ensemble, sur la margelle du puits de Saint-Savin.

«Je te l'ai déjà raconté, mais je vais recommencer. Une nuit, je me suis réveillé ; la chambre était tout illuminée. J'ai vu le visage de la Grande Mère, et son regard d'amour. De ce jour, j'ai commencé à la voir de temps à autre. Ce n'est pas moi qui peux prendre l'initiative, mais de temps en temps elle apparaît.

«En ce temps-là, j'étais déjà au courant du travail qu'accomplissaient les véritables révolutionnaires de l'Eglise. Je savais que ma mission sur la terre, outre de guérir, était d'aplanir le chemin pour que Dieu-Femme fût de nouveau accepté. Le principe féminin, la colonne de miséricorde, allait à nouveau se dresser — et le temple de la sagesse serait reconstruit dans le cœur des hommes. »

Je le regardais. Son expression, jusqu'alors tendue, est redevenue calme.

«Il y avait pour cela un prix, que j'étais prêt à payer. »

Il s'est tu, sans savoir comment continuer son histoire.

«Que veux-tu dire par "j'étais prêt à payer ?" ai-je demandé.

— Le chemin de la Déesse pourrait être ouvert simplement avec des paroles et des miracles. Mais le monde ne fonctionne pas

224

ainsi. Ce sera plus dur : larmes, incompréhension, souffrance. »

« Le père, me suis-je dit alors, a tenté de faire entrer la peur dans son cœur. Mais je serai son réconfort. »

« Ce n'est pas un chemin de douleur, ai-je répondu. C'est celui de la gloire de servir.

— La plupart des êtres humains se défient encore de l'amour. »

Je me suis rendu compte qu'il essayait de me dire quelque chose et qu'il n'y parvenait pas. Peut-être allais-je pouvoir l'aider. Je l'ai interrompu :

« J'y songeais justement. Le premier homme à avoir escaladé le plus haut sommet des Pyrénées s'est dit que la vie, sans aventure, était une vie dépourvue de grâce.

— Et que sais-tu de la grâce ? » a-t-il demandé, et j'ai vu qu'il était de nouveau tendu. « L'un des noms de la Grande Mère est Notre-Dame de Grâce — et ses mains généreuses déversent leurs bénédictions sur tous ceux qui savent les recevoir. Nous ne pouvons jamais juger la vie d'autrui, car chacun sait sa propre douleur, son propre renoncement. C'est une chose de penser que l'on est sur le bon chemin, une autre de croire que ce chemin est le seul. Jésus a dit : *"Il y a plus d'une demeure dans la maison de mon Père."* Le don est une grâce. Mais c'est aussi une grâce que de savoir mener une vie de dignité, d'amour pour son prochain et de travail. Marie a eu un époux sur la terre, qui a cherché à démontrer la valeur du travail anonyme. Sans se mettre en avant, c'est lui qui a assuré le toit et la subsistance à son épouse et à son fils pour leur permettre de réaliser tout ce qu'ils ont fait. Son action a autant d'importance que la leur, bien qu'on ne lui accorde presque pas de valeur. »

Je n'ai rien répondu. Il m'a pris la main.

« Pardonne-moi mon intolérance. »

J'ai embrassé sa main et l'ai posée sur mon visage.

« C'est cela que je veux t'expliquer, a-t-il dit, en souriant à nouveau. Que, dès le moment où je t'ai retrouvée, je me suis dit que je n'avais pas le droit de te faire souffrir du fait de ma mission. »

J'ai commencé à me sentir inquiète.

« Hier, j'ai menti. C'est le premier et le dernier mensonge que je t'aie fait. Pour dire la vérité, au lieu de me rendre au séminaire, je suis allé dans la montagne et j'ai parlé à la Grande Mère. Je lui ai dit que, si elle le souhaitait, je m'éloignerais de toi et continuerais ma route. Je continuerais avec les malades se pressant à la porte, les déplacements en pleine nuit, l'incompréhension de ceux qui veulent nier la foi, le regard cynique de ceux qui ne croient pas que l'amour sauve. Si elle me le demandait, je renoncerais à ce à quoi je tenais le plus au monde : toi. »

J'ai de nouveau pensé au père supérieur. Il avait raison : ce matin-là, il était en train de faire son choix.

« Cependant, a-t-il poursuivi, s'il était possible d'éloigner ce calice de ma vie, je promettais de servir le monde au travers de mon amour pour toi.

— Qu'est-ce que tu dis ? » ai-je demandé, effrayée.

Il n'a pas paru m'entendre.

« Il n'est pas nécessaire de déplacer les montagnes pour prouver la foi. J'étais prêt à affronter seul la souffrance, non à la partager. Si je continuais sur le chemin où je m'étais engagé, jamais nous n'aurions une maison avec des rideaux blancs et la vue sur les montagnes.

— Je ne veux plus entendre parler de cette maison ! Je n'ai même pas voulu y mettre les pieds ! » ai-je dit, en essayant de me maîtriser pour ne pas crier. « Ce que je veux, c'est t'accompagner, être à tes côtés dans ton combat, faire partie de ceux qui s'aventurent avant tout le monde. Tu ne comprends donc pas ? Tu m'as rendu la foi ! »

La position du soleil avait changé et ses rayons éclairaient maintenant les parois de la grotte. Mais toute cette beauté commençait à n'avoir plus de sens.

Dieu a caché l'enfer au sein du paradis.

«Arrête», a-t-il dit; et j'ai vu que ses yeux me suppliaient de le comprendre. «Tu ne connais pas le risque.

— Mais tu étais heureux de le courir!

— Je suis heureux de le courir. Mais c'est *mon* risque.»

J'ai voulu l'interrompre. Il ne m'écoutait pas.

«Alors, hier, j'ai demandé un miracle à la Vierge: je lui ai demandé de me retirer le don.»

Je n'arrivais pas à en croire mes oreilles.

«J'ai un peu d'argent, et toute l'expérience que m'ont donnée ces années de voyages. Nous achèterons une maison, je trouverai du travail, et je servirai Dieu comme l'a fait saint Joseph, avec l'humilité d'un anonyme. Je n'ai plus besoin de miracles pour maintenir vivante ma foi. C'est de toi que j'ai besoin.»

J'ai senti mes jambes se dérober, comme si j'avais été sur le point de m'évanouir.

«A l'instant où j'ai demandé à la Vierge de me retirer le don, une voix m'a dit: "Pose tes mains sur la terre. Le don sortira de toi et retournera au sein de la Mère."»

J'étais en pleine panique.

«Ne me dis pas que tu...

— Si. J'ai fait ce qu'ordonnait l'inspiration du Saint-Esprit. La brume a commencé à se dissiper et le soleil à briller entre les montagnes. J'ai senti que la Vierge me comprenait, parce qu'elle a beaucoup aimé, elle aussi.

— Mais elle a suivi l'homme qu'elle aimait ! Elle a accepté d'accompagner les pas de son fils !

— Nous ne possédons pas sa force, Pilar. Mon don ira à quelqu'un d'autre ; il ne se perd jamais.

« Hier, dans ce café où nous étions, j'ai téléphoné à Barcelone et j'ai annulé la conférence. Nous allons à Saragosse : tu y connais du monde, nous pouvons commencer par là. J'aurai vite fait de trouver un emploi. »

J'étais maintenant incapable de penser.

« Pilar ! »

Mais je retournais déjà vers le tunnel, sans aucune épaule amie où m'appuyer — et j'étais suivie par la foule de malades qui allaient mourir, par les familles qui souffraient, par les miracles qui ne seraient pas accomplis, les rires qui n'embelliraient pas le monde, les montagnes qui resteraient toujours à la même place.

Je ne voyais rien — rien d'autre que l'obscurité presque tangible qui me cernait.

Vendredi 10 décembre 1993

Sur le bord de la rivière Piedra je me suis assise et j'ai pleuré. Les souvenirs de cette nuit sont vagues et confus. Je sais seulement que j'ai été proche de la mort ; mais je ne me rappelle pas comment est son visage, ni où elle m'emmenait. J'aimerais m'en souvenir, afin de pouvoir la chasser elle aussi de mon cœur. Mais je n'y arrive pas. Tout me semble un songe, depuis le moment où je suis sortie de ce tunnel obscur pour retrouver un monde sur lequel aussi la nuit était tombée.

Aucune étoile ne brillait dans le ciel. Je me rappelle vaguement avoir marché jusqu'à la voiture, pris le petit sac que j'avais avec moi, et commencé à errer sans but. J'ai dû rejoindre la route, j'ai essayé — sans succès — de faire du stop pour retourner à Saragosse. Pour finir, je suis revenue dans les jardins du couvent.

Le bruit de l'eau était omniprésent; les cascades étaient partout, et je voyais la présence de la Grande Mère qui me poursuivait en tout lieu. Oui, elle avait aimé le monde; elle l'avait aimé tout autant que Dieu — puisqu'elle aussi avait offert son fils en sacrifice pour le salut des hommes. Mais pouvait-elle comprendre l'amour d'une femme pour un homme?

Elle avait bien pu souffrir par amour, mais c'était d'un amour différent qu'il s'agissait. Son époux des cieux connaissait tout, faisait des miracles. Son époux sur la terre était un humble travailleur manuel, qui croyait à ce que ses rêves lui racontaient. Elle n'a jamais su ce que c'était que d'abandonner un homme ou d'être abandonnée par lui. Le jour où Joseph voulut la chasser parce qu'elle était enceinte, son époux du ciel envoya aussitôt un ange pour empêcher qu'il en fût ainsi.

Son fils la quitta, c'est vrai. Mais les fils quittent toujours leurs parents. Il est facile de souffrir pour l'amour du prochain, pour l'amour du monde ou pour l'amour de son enfant. Cette souffrance fait partie de la vie, c'est une douleur noble et sublime. Il est facile de souffrir pour l'amour d'une cause, ou d'une mission: cela ne fait que grandir le cœur de celui qui souffre.

232

Mais comment expliquer ce que cela signifie de souffrir à cause d'un homme ? C'est impossible. C'est alors que l'on vit un enfer, parce qu'il n'y a là ni noblesse ni grandeur — misère seulement.

Cette nuit-là, je me suis couchée sur le sol glacé, et le froid m'a bientôt anesthésiée. J'ai pensé un instant que je risquais la mort si je ne trouvais pas de quoi me couvrir — bon, et puis après ? Tout ce qu'il y avait de plus important dans ma vie m'avait été accordé généreusement le temps d'une semaine — et m'avait été enlevé en une minute, sans me laisser seulement la possibilité de rien dire.

Mon corps s'est mis à grelotter, mais cela m'était égal. Il cesserait de trembler, une fois qu'il aurait épuisé toute son énergie à tenter de se réchauffer. Il retrouverait sa tranquillité habituelle, et la mort m'accueillerait entre ses bras.

J'ai tremblé durant plus d'une heure. Puis la paix est venue.

Avant de fermer les yeux, j'ai entendu la voix de ma mère. Elle me racontait une histoire qu'elle m'avait déjà contée quand j'étais

234

petite, mais je ne me doutais pas alors que cette fable me concernerait un jour.

« Un jeune homme et une jeune fille étaient tombés follement amoureux », disait la voix de maman, entre le rêve et le délire. « Et ils décidèrent de se fiancer. Les fiancés s'offrent toujours des présents. Mais le jeune homme était pauvre — son seul bien était une montre qu'il avait héritée de son grand-père. En pensant aux beaux cheveux de son aimée, il se résolut à vendre la montre pour lui offrir un magnifique peigne en argent.

« La jeune fille, de son côté, ne possédait pas non plus de quoi payer un cadeau de fiançailles. Elle alla donc trouver le plus important commerçant de l'endroit et lui vendit ses cheveux. Avec l'argent qu'elle en tira, elle acheta une chaîne en or pour la montre de son aimé.

« Et quand ils se revirent, le jour des fiançailles, elle lui donna la chaîne d'une montre qui avait été vendue, et lui le peigne destiné à des cheveux qui avaient été coupés. »

Un homme me secouait. Cela me réveilla.
«Buvez! disait-il. Buvez vite!»

Je ne savais pas ce qui se passait, je n'avais pas la force de résister. Il m'a ouvert la bouche et m'a obligée à boire un liquide qui m'a brûlé la gorge. J'ai remarqué qu'il était en manches de chemise : il m'avait couverte de son vêtement.

«Buvez encore!» insistait-il.

Je ne savais pas ce qui se passait ; malgré tout, j'ai obéi. Puis j'ai refermé les yeux.

Je me suis à nouveau réveillée au monastère. Une femme m'observait.

«Vous avez failli mourir, a-t-elle dit. Sans le gardien du couvent, vous ne seriez pas ici.»

Je me suis levée en titubant. Une partie de ce qui s'était passé la veille m'est revenu en mémoire, et j'ai regretté que cet homme se soit trouvé là pour me sauver. Mais maintenant l'heure de la mort était passée. Et j'allais continuer à vivre.

La femme m'a emmenée à la cuisine et m'a donné du café, des biscuits et des tartines. Elle ne m'a pas posé de questions, et de mon côté je ne lui ai rien raconté. Quand j'ai eu fini de manger, elle m'a rendu mon sac.

«Regardez si tout y est.

— Certainement. D'ailleurs, je n'avais rien.

— Vous avez votre vie, mon enfant. Une longue vie. Prenez-en soin mieux que cela.

237

— Il y a non loin d'ici une église de village, ai-je dit, en retenant mes larmes. Hier, je suis entrée dans cette église avec...»

Je ne savais comment expliquer :

«... avec un ami d'enfance. J'en avais assez de visiter des églises, mais les cloches sonnaient, et il a dit que c'était un signe, que nous devions absolument entrer.»

La femme a rempli ma tasse, s'est servi un peu de café, et s'est assise pour écouter mon histoire.

«Nous sommes entrés dans cette église. Il n'y avait personne, il faisait sombre. J'ai cherché à découvrir un signe, mais je voyais les mêmes autels, les mêmes saints que partout. Soudain, nous avons entendu bouger dans la partie supérieure de l'édifice, où se trouve l'orgue. C'était un groupe de jeunes gens, avec des guitares, et ils se sont aussitôt mis à accorder leurs instruments. Nous avons décidé de nous asseoir pour écouter un peu de musique avant de reprendre la route. Peu après, un homme est entré et s'est assis à côté de nous. Il était gai et a crié aux musiciens de jouer un paso doble.

— Une musique pour courses de taureaux ! s'est exclamée la femme. J'espère bien qu'ils ne l'ont pas fait.

— Non. Ils ont ri et ont joué un air de flamenco. Mon ami et moi avions l'impression que les cieux étaient descendus jusqu'à nous ;

238

l'église, la pénombre accueillante, le son des guitares et l'allégresse de l'homme assis à côté de nous, tout cela était un miracle. Peu à peu, l'église s'est remplie. Les jeunes continuaient à jouer du flamenco, et les gens qui entraient se laissaient gagner par l'entrain des musiciens. Mon ami m'a demandé si je voulais assister à la messe qui allait bientôt commencer. J'ai dit non : nous avions une longue route à faire. Nous avons donc décidé de partir — mais auparavant nous avons remercié Dieu pour ce magnifique moment. En arrivant à la porte, nous avons tout de suite remarqué que beaucoup de gens — mais vraiment beaucoup, peut-être tous les habitants de cette petite bourgade — affluaient en direction de l'église. J'ai songé que ce devait être le dernier village d'Espagne tout entier catholique. Peut-être parce que les messes y étaient particulièrement animées. Au moment de monter en voiture, nous avons vu s'approcher un cortège. Des hommes portaient un cercueil. Il devait donc s'agir de la célébration d'un service funèbre. Dès que le cortège est arrivé à l'entrée de l'église, les musiciens ont cessé de jouer des airs de flamenco pour entamer un requiem.

— Que Dieu ait pitié de cette âme, a dit la femme, en se signant.

— Puisse-t-Il avoir pitié d'elle, ai-je dit

239

moi-même, en répétant son geste. Mais le fait d'être entré dans cette église signifiait vraiment quelque chose : que la tristesse marque toujours la fin de l'histoire. »

La femme m'a regardée et n'a rien dit. Puis elle est sortie, pour revenir quelques instants plus tard avec des feuilles de papier et un crayon.

« Venez avec moi. »

Nous sommes sorties toutes les deux. Le jour se levait.

« Respirez à fond, m'a-t-elle demandé. Laissez ce nouveau matin pénétrer vos poumons et courir dans vos veines. A ce qu'il semble, ce n'est pas par hasard que vous vous êtes perdue hier. »

Je n'ai rien répondu. Elle a repris :

« Vous n'avez pas compris non plus l'histoire que vous venez de raconter, ni sa signification. Vous n'avez vu que la tristesse de l'épisode final, en oubliant les moments de joie que vous aviez passés dans l'église. Vous avez oublié cette impression que les cieux étaient descendus jusqu'à vous, et votre bonheur de vivre tout cela avec votre... »

Elle s'est interrompue et a souri :

« ... votre ami d'enfance, a-t-elle achevé, d'un air complice. Jésus a dit : *"Laissez les morts enterrer les morts."* Parce qu'il sait que la mort n'existe pas. La vie existait bien

240

avant notre naissance, et continuera d'exister après que nous aurons quitté ce monde. »

Mes yeux se sont emplis de larmes.

« Il en est de même pour l'amour, a-t-elle poursuivi. Il existait déjà avant, et il continuera à tout jamais d'exister.

— On dirait que vous connaissez ma vie.

— Toutes les histoires d'amour ont plus d'un point commun. J'ai moi aussi vécu de tels moments au cours de mon existence. Mais je ne me les rappelle pas. Je me rappelle que l'amour est revenu, sous la forme d'un autre homme, de nouvelles espérances, de nouveaux rêves. »

Elle m'a tendu les feuilles de papier et le crayon.

« Ecrivez tout ce que vous avez sur le cœur. Tirez ces choses de votre âme, mettez-les sur le papier, et ensuite jetez-les. La légende dit que la rivière Piedra est si froide que tout ce qui y tombe — feuilles, insectes, plumes d'oiseau — se transforme en pierre. Ce serait peut-être une bonne idée que de laisser la souffrance dans ses eaux ? »

J'ai pris les feuilles de papier. Elle m'a embrassée et m'a dit que je pouvais revenir pour déjeuner, si je le souhaitais.

« N'oubliez pas », a-t-elle crié, tandis que je m'éloignais, « l'amour demeure ; ce sont les hommes qui changent ! »

J'ai ri, elle m'a fait en réponse un signe de la main.

Longtemps je suis restée à regarder la rivière. J'ai pleuré, jusqu'à sentir que je n'avais plus de larmes.

Alors, j'ai commencé à écrire.

Épilogue

J'ai écrit pendant toute une journée, puis une autre, et encore une autre. Tous les matins, j'allais au bord de la rivière Piedra. Quand le soir tombait, la femme s'approchait, me prenait par le bras et m'emmenait à sa chambre dans l'ancien couvent. Elle lavait mon linge, préparait le dîner, parlait de choses sans importance, et me mettait au lit.

Un matin, alors que j'avais presque achevé le manuscrit, j'ai entendu un bruit de voiture. Mon cœur a bondi dans ma poitrine, mais je ne voulais pas croire ce qu'il me disait. Je me sentais maintenant libérée de tout, prête à retourner dans le monde, à en faire partie de nouveau. Le plus dur était passé — bien que demeurât la mélancolie du regret. Mais mon cœur avait raison. Même sans avoir besoin de lever les yeux du manuscrit, j'ai senti sa présence et entendu ses pas.

« Pilar », a-t-il dit, en s'asseyant à côté de moi.

Je n'ai pas répondu. J'ai continué à écrire, mais je n'arrivais plus à coordonner mes pensées. Mon cœur faisait des bonds, essayait de sauter hors de ma poitrine pour courir à sa rencontre. Mais je ne le laissais pas faire.

Il est resté assis là, à regarder la rivière, cependant que j'écrivais sans discontinuer. Nous avons passé ainsi toute la matinée, sans dire un seul mot ; et je me suis rappelé le silence d'un soir, au bord d'un puits, quand j'avais tout à coup compris que je l'aimais.

Lorsque ma main n'a pas pu supporter plus longtemps la fatigue, j'ai fait une petite pause. Alors il a parlé :

« Il faisait noir quand je suis sorti de la grotte, et je n'ai pas réussi à te retrouver. Je suis parti à Saragosse. Puis je suis allé jusqu'à Soria. J'aurais parcouru le monde entier à ta recherche. J'ai décidé de retourner au monastère de Piedra pour découvrir une piste, et j'ai rencontré une femme. Elle m'a indiqué où tu étais. Et elle m'a dit que tu n'avais cessé de m'attendre tout au long de ces jours. »

Mes yeux se sont emplis de larmes.

« Je resterai assis à côté de toi tant que tu seras devant cette rivière. Et si tu vas dormir, je dormirai devant ta porte. Et si tu t'en vas loin, je suivrai tes pas. Jusqu'à ce que tu me dises : va-t'en ! Alors je m'en irai. Mais je ne pourrai cesser de t'aimer jusqu'à la fin de mes jours. »

Je ne pouvais plus cacher mes pleurs. Et j'ai vu qu'il pleurait aussi.

« Je veux que tu saches une chose... a-t-il commencé.

— Ne dis rien. Lis. »

Et je lui ai tendu les feuillets qui reposaient sur mes genoux.

Tout l'après-midi, je suis restée à regarder les eaux de la rivière Piedra. La femme nous a apporté des sandwichs et du vin, a dit quelque chose sur le temps qu'il faisait et nous a de nouveau laissés seuls. A plusieurs reprises, il a interrompu sa lecture, le regard perdu vers l'horizon, absorbé dans ses pensées.

A un moment, j'ai décidé de faire quelques pas dans le bois, et je me suis promenée le long des petites cascades, sur les pentes chargées d'histoire. Alors que le soleil déclinait, je suis revenue à l'endroit où je l'avais laissé.

« Merci, m'a-t-il dit d'abord, en me rendant les feuillets. Et pardon. »

Sur le bord de la rivière Piedra je me suis assise et j'ai souri.

« Ton amour me sauve et me rend à mes rêves », a-t-il poursuivi.

Je suis restée muette, sans bouger.

«Est-ce que tu te rappelles le psaume 137 ?» m'a-t-il demandé.

J'ai fait non de la tête. J'avais peur de parler.

«*Au bord des fleuves de Babylone...*

— Oui, oui, je le connais, ai-je dit alors, sentant que je revenais peu à peu à la vie. Il parle de l'exil. Des gens qui suspendent leurs harpes aux arbres parce qu'ils ne parviennent pas à chanter la musique que réclame le cœur.

— Mais après avoir pleuré, nostalgique du pays de ses rêves, le psalmiste se promet à lui-même :

Si je t'oublie, Jérusalem,
Que ma droite se dessèche !
Que ma langue s'attache à mon palais,
Je perds ton souvenir,
Si je ne mets Jérusalem
Au plus haut de ma joie.

J'ai souri encore.

«Je commençais à oublier. Et tu m'as fait retrouver la mémoire.

— Tu crois que le don te reviendra ? ai-je demandé.

— Je l'ignore. Mais Dieu m'a toujours donné une seconde chance. Il me la donne en ce moment avec toi. Et Il m'aidera à retrouver mon chemin. »

Je l'ai de nouveau interrompu :

«*Notre* chemin.

— Oui, notre chemin.»

Il m'a pris les mains et m'a fait lever.

«Va prendre tes affaires. Les rêves donnent du travail.»

Romans, récits et documents

La littérature conjuguée au pluriel, pour votre plaisir. Des œuvres de grands romanciers français et étrangers, des histoires passionnantes, dramatiques, drôles ou émouvantes, pour tous les goûts...

ADLER LAURE
L'année des adieux
4166/4
Chronique de la vie quotidienne à l'Élysée sous la présidence Mitterrand. Portrait d'un homme d'exception.

ADLER PHILIPPE
Bonjour la galère !
1868/1

Les amies de ma femme
2439/3
Mais qu'est-ce qu'elles veulent ces bonnes femmes ? Quand il rentre chez lui, Albert aimerait que Victoire s'occupe de lui mais rien à faire : les copines d'abord. Jusqu'au jour où Victoire se fait la malle et où ce sont ses copines qui consolent Albert.

ALLÉGRET CATHERINE
Les souvenirs et les regrets aussi
4000/7

ALLEGRI RENZO
La véritable histoire de Maria Callas
3699/6

AMIEL JOSEPH
Question de preuves
4119/5

ANDERSEN CHRISTOPHER
Mike Jagger
le scandaleux
3771/8

ANDREWS VIRGINIA C.
Ma douce Audrina
1578/4

Fleurs captives
Dans un immense et ténébreux grenier, quatre enfants vivent séquestrés. Pour oublier, ils font de leur prison le royaume de leurs jeux et de leur tendresse, à l'abri du monde. Mais le grenier devient un enfer. Et le seul désir de ces enfants devenus adolescents est désormais de s'évader... à n'importe quel prix.

- Fleurs captives
1165/4
- Pétales au vent
1237/4
- Bouquet d'épines
1350/4
- Les racines du passé
1818/5
- Le jardin des ombres
2526/4

La saga de Heaven
- Les enfants des collines
2727/5
- L'ange de la nuit
2870/5
- Cœurs maudits
2971/5
- Un visage du paradis
3119/5
- Le labyrinthe des songes
3234/6

Aurore
Un terrible secret pèse sur la naissance d'Aurore. Brutalement séparée des siens, humiliée, trompée, elle devra payer pour les péchés que d'autres ont commis. Car sur elle et sur sa fille Christie, plane la malédiction des Cutler...

- Aurore
3464/5
- Les secrets de l'aube
3580/6
- L'enfant du crépuscule
3723/6
- Les démons de la nuit
3772/6
- Avant l'aurore
3899/5
Ruby
4253/6
Perle
4332/5

A. NONYME
M. et Mme ont un fils
4036/2 & 4118/2

APOLLINAIRE GUILLAUME
Les onze mille verges
704/1

ARTHUR
Arthur censuré
3698/5
De la radio à la télé, rien n'arrête Arthur.

Ta mère
4075/2
Ta mère, la réponse
4225/2
Ta mère, la revanche
4365/2
Aimons-nous les uns les autres
4524/2

ARVIGNES GEORGES
Quelques mois pour l'aimer
4289/2

ASHWORTH SHERRY
Calories story
3964/5 Inédit

Romans, récits et documents

Romans, récits et documents

Romans, récits et documents

CARREL Dany
L'Annamite
3459/7

CARROLL Lewis
Alice au pays
des merveilles
3486/2

DES CARS Guy
1911-1993. D'abord journaliste, il entama, avec L'officier sans nom une carrière littéraire qui en fera l'écrivain français le plus lu dans le monde.

La brute
47/3
Accusé de meurtre et traduit en justice, un sourd-muet, aveugle de naissance va être condamné.

Le château de la juive
97/4
La tricheuse
125/4
L'impure
173/4
La corruptrice
229/3
La demoiselle d'Opéra
246/4
Les filles de joie
265/3
La dame du cirque
295/3
Cette étrange
tendresse
303/3
L'officier sans nom
331/3
La maudite
361/4
Entre un père despotique et une redoutable gouvernante, une jeune fille reçoit une éducation rigide. Elle n'aura que plus tard la révélation de sa dualité sexuelle.

L'habitude d'amour
376/3
La révoltée
492/4

Une certaine dame
696/5
L'insolence de sa
beauté
736/5
La justicière
1163/2
La vie secrète de
Dorothée Gindt
1236/1
L'envoûteuse
2016/5
Le crime de Mathilde
2375/4
L'histoire d'une étonnante captation d'héritage et d'une femme qui ne vécut que pour un seul amour.

La voleuse
2660/4
Le grand monde
2840/8
L'amoureuse
3192/4
Je t'aimerai
éternellement
3462/4
La femme-objet
3517/3
L'amant imaginaire
3694/6
Hôtesse dans un établissement très spécial, Solange se préserve en s'inventant un amant imaginaire qui fait rêver ses amies.

La visiteuse
3939/3

CATO Nancy
Lady F.
2603/4
Tous nos jours
sont des adieux
3154/8
Marigold
3837/2

CAVANNA
Les pensées
4388/2
Drôles, acides, impertinentes, les pensées de Cavanna donnent envie de rire ou de pleurer, mais font à coup sûr réfléchir.

CERF Muriel
L'antivoyage
3883/3

CESBRON Gilbert
Chiens perdus sans collier
6/2
C'est Mozart
qu'on assassine
379/3

CHABROL Dominique
Desproges
4056/3

CHAMSON André
La Superbe
3269/7
La tour de Constance
3342/7

CHAZAL Claire
Balladur
3581/3

CHEDID Andrée
La maison sans racines
2065/2
Le sixième jour
2529/3
Le sommeil délivré
2636/3
L'autre
2730/3
Les marches de sable
2886/3
L'enfant multiple
2970/3
La cité fertile
3319/1
La femme en rouge
et autres nouvelles
3769/1

Romans, récits et documents

Romans, récits et documents

CLAVELL James
Shogun
4361/6 & 4362/6
En l'an 1600, un navire européen s'échoue sur les côtes japonaises, où les survivants du naufrage sont faits prisonniers. John Blackthorne découvre alors un monde inconnu, à la fois cruel et raffiné, en proie à de sauvages combats de clans. Fasciné, il assiste à l'ascension de l'inquiétant Toranaga qui va devenir Shogun, c'est-à-dire dictateur, maître absolu du Pays du Soleil Levant.

CLÉMENT Catherine
Pour l'amour de l'Inde
3896/8

COCTEAU Jean
Orphée
2172/1

COELHO Paulo
L'Alchimiste
4120/4
Sur le bord de la rivière Piedra
4385/4
Pilar retrouve son compagnon d'enfance, perdu onze ans plus tôt. Tous deux sont à la recherche de leur vérité et veulent aller jusqu'au bout de leurs rêves. Une histoire d'amour qui est aussi le récit d'une quête initiatique.

COLETTE
Le blé en herbe
2/1

COLLARD Cyril
Cinéaste, musicien, il a adapté à l'écran et interprété lui-même son second roman Les nuits fauves. Le film, 4 fois primé, a été élu meilleur film de l'année aux Césars 1993. Quelques jours plus tôt Cyril Collard mourait du sida.

Les nuits fauves
2993/3

Condamné amour
3501/4
L'ange sauvage
3791/3

COLOMBANI Marie-Françoise
Donne-moi la main, on traverse
2881/3
Derniers désirs
3460/2

COLUCHE
Coluche Président
3750/4

COMBE Rose
Le Mile des Garret
4333/2

CONNOR Alexandra
Les couleurs du rêve
4207/5

CONROY Pat
Le Prince des marées
2641/5 & 2642/5

DATH Isabelle & HARROUARD Philippe
Alain Juppé ou la tentation du pouvoir
4073/3

DENUZIÈRE Maurice
Helvétie
3534/9
La Trahison des apparences
3674/1
Rive-Reine
4033/6 & 4034/6

DEVEREUX Charles
Vénus indienne
3807/3
Mes amours sous les déodars
4409/4

DEVI Phoolan
Moi, Phoolan Devi, reine des bandits
4494/8 Illustré
Née parmi les parias, Phoolan Devi semblait promise, en Inde, à un esclavage sans issue. Mais sa révolte a fait d'elle un symbole d'espoir pour des millions de femmes. Mariée à onze ans, maltraitée puis abandonnée, violée par une bande de hors-la-loi, elle se rebelle et se venge. Devenue la reine des bandits, elle vole les riches pour donner aux pauvres, tandis que sa tête est mise à prix...

DHÔTEL André
Le pays où l'on n'arrive jamais
61/2

DICKEY James
Délivrance
531/3

DIWO Jean
Au temps où la Joconde parlait
3443/7
L'Empereur
4186/7
Les dîners de Calpurnia
4539/7

DJIAN Philippe
Né en 1949, sa pudeur, son regard à la fois tendre et acerbe, et son style inimitable ont fait de lui l'écrivain le plus lu de sa génération.

37°2 le matin
1951/4
Bleu comme l'enfer
1971/4
Zone érogène
2062/4
Maudit manège
2167/5

Composition Interligne B-Liège
Achevé d'imprimer en Europe (France)
par Brodard et Taupin à La Flèche (Sarthe)
le 27 octobre 1997. 1028T-5
Dépôt légal octobre 1997. ISBN 2-290-04385-0
1er dépôt légal dans la collection : janvier 1997
Éditions J'ai lu
84, rue de Grenelle, 75007 Paris
Diffusion France et étranger : Flammarion

4385